BBC

DOCTOR WHO

The Legends of River Song

神秘博士：瑞雯·宋传奇

（英）史蒂夫·莱昂斯 等/著

道 尔/译

新 星 出 版 社　NEW STAR PRESS

DOCTOR WHO: The Legends of River Song by Steve Lyons. etc
Copyright © 2016 Steve Lyons. etc
First published as Doctor Who: The Legends of River Song by BBC Books, an imprint of Ebury, Ebury Publishing is part of the Penguin Random House group of companies. Doctor Who is a BBC Wales production for BBC One. Executive producers, Steven Moffat and Brian Minchin. BBC, DOCTOR WHO and TARDIS (word marks, logos and devices) are trademarks of the British Broadcast Corporation and are used under licence.
This edition arranged with Ebury Publishing
through Big Apple Agency, Inc., Labuan, Malaysia.
The Legends of River Song Chinese edition copyright:
2020 Chengdu Eight Light Minutes Culture Communication Co., Ltd.
All rights reserved.
The Cover is produced by Woodlands Books Ltd.
著作版权合同登记号：01-2019-7599

图书在版编目（CIP）数据

瑞雯·宋传奇 /（英）史蒂夫·莱昂斯等著；道尔译 . —北京：新星出版社，2020.1
（神秘博士）
ISBN 978-7-5133-3793-9

Ⅰ. ①瑞… Ⅱ. ①史… ②道… Ⅲ. ①科学幻想小说－英国－现代 Ⅳ. ① I561.45
中国版本图书馆 CIP 数据核字 (2019) 第 231993 号

瑞雯·宋传奇

（英）史蒂夫·莱昂斯、（英）盖伊·亚当斯、（英）杰奎琳·雷纳、（英）安德鲁·莱恩、（英）珍妮·T. 科尔根 著；道尔 译

责任编辑：	汪　欣
特约编辑：	姚　雪　胡怡萱
责任印制：	李珊珊
装帧设计：	付　莉　张广学

出版发行：	新星出版社
出版　人：	马汝军
社　　址：	北京市西城区车公庄大街丙 3 号楼　100044
网　　址：	www.newstarpress.com
电　　话：	010-88310888
传　　真：	010-65270449
法律顾问：	北京市岳成律师事务所

读者服务：	010-88310811　service@newstarpress.com
邮购地址：	北京市西城区车公庄大街丙 3 号楼　100044

印　　刷：	北京华联印刷有限公司
开　　本：	910mm×1230mm　　　1/32
印　　张：	7.125
字　　数：	100千字
版　　次：	2020年1月第一版　　2020年1月第一次印刷
书　　号：	ISBN 978-7-5133-3793-9
定　　价：	36.00元

版权专有，侵权必究；如有质量问题，请与印刷厂联系更换。

目 录

BBC Doctor Who / The Legends of River Song

关于本书 III

《分秒必争》- 史蒂夫·莱昂斯 001

《魂断新威尼斯》- 盖伊·亚当斯 ... 047

《疑神疑鬼》- 杰奎琳·雷纳 089

《时光之河》- 安德鲁·莱恩 133

《阿斯加德的野餐》- 珍妮·T. 科尔根 171

关于本书

"你好呀,亲爱的!"

玫洛蒂·庞德、玫洛蒂·玛伦、瑞雯·宋……她用过的名字不可胜数。无论这位考古学家兼时间旅行者究竟是谁,她冒过的险(和闯过的祸)比这个宇宙里的大部分人都多。

她记录了很多属于自己的冒险故事。怎么说呢,要是嫁给一位时间领主(或者说也可能没嫁),你可得把自己在什么时间做了什么给记下来。毕竟,有时候,有些事情对你或对方来说还没发生。

本书仅仅收录了瑞雯·宋无数冒险故事中的几个,内容全部摘自她的日记。

在有的故事里,博士和她在一起;在另一些故事里,她自得其乐。不过,无论她身处何时何地,危险和刺激永远陪伴在她的身边。

本书只记述了她那不可思议的一生中的某些精彩片段,不过,这也足以告诉大家,瑞雯·宋这位非凡人物是多么传奇。

《分秒必争》

史蒂夫·莱昂斯

史蒂夫·莱昂斯：英国作家，已出版近二十部小说，还撰写了多部广播剧和短篇故事。他为《神秘博士》创作过《复杂难解》《女巫猎手》《扭曲世界》《盗梦贼》等小说和《火神烈焰》等有声书，也为官方《神秘博士杂志》撰稿。

那是2016年夏天的事，在一个叫"伦敦"的城市里——那是在地球上，如果我之前忘了提。

在这个夏日的清晨，伦敦正经历着一场雷暴。

我努力在西区拥挤的人行道上穿行，人们对周遭事物的漠不关心，让我惊讶不已。大多数人都低着头，日复一日维持生计。不时有人抬头望天，天空一片血红，伴着电闪雷鸣。他们会摇摇头，发出啧啧的声音，然后思考到底下不下雨。

我不知道自己本来指望会看到什么。

按地球历史来看，在这个时间点，哪怕我告诉那些愤世嫉俗的伦敦人或毫无知觉的游客，这场雷暴是外星人入侵造成的，哪怕我告诉他们，时间和空间正在自我撕裂，他们大概也只会翻个白眼，然后叹口气说："别又来了！"

除了我之外，只有一个人知道真相。

他叫"马丁·弗林特"，是个四十六岁的保险销售员，独自居住在伦敦郊区的一间地下公寓里面，他甚至连那里的房租也支付不起。

那天早上十点,他在地下公寓旁边博彩店的台阶上等着开门。他穿着深棕色的皮鞋,没穿袜子,皱巴巴的西服外套里面是医院的条纹睡衣。

博彩庄家几乎没正眼看他,他曾以比这更糟的样子出现过。

让庄家吃惊的是,马丁掏出一张借记卡,坚持要将自己银行账户上所有的钱——不到一千五百镑——押到一匹冷门的马上,赌它会胜出。

我亲爱的日记,你一定在想,我怎么会知道这些?

一如既往,事情源于博士。

他突然来到牢房门口接我。我已经告诉过他别再这么做了,我完全有能力自己逃出去。

他还是戴着领结、下巴很长的模样。之后我会知道,他还没有去过寂静湖[1]。因为,如果他已经去过,就会知道,无论他的哪个化身在风暴监狱露面,都是个糟糕的主意。

平心而论,他确实还是乔装打扮了一番。

但是,怎么说呢,他的"乔装"只是一顶二十世纪英国警察的头盔。他似乎觉得这样足以让别人认不出他来。算他走运,一

---

1. 详见新版《神秘博士》中《不可思议的宇航员》《瑞雯·宋的婚礼》等剧集。

张通灵纸片加上一副愚蠢的表情,就可以创造奇迹。

他站在守卫后面,摘下头盔,指着自己灿烂的笑脸,仿佛是在向我揭示他的身份。

守卫们将信将疑地同意将我交给他,前提是我俩得铐在一起,我对这种做法倒是一点意见都没有。博士戴上手铐时尽自己最大的努力躲避着我的视线。亲爱的日记,我特别满意自己只用一个眼神就能让他红透脸的能力。

我们不紧不慢地走到出口,虽然彼此都知道有多少眼睛和摄像头正盯着我们。走出守卫的听力范围之后,我在他耳边低语道:"手镯很好看啊,它们看着有点眼熟哦。"

"你说过我们会有机会用上它们的。"他轻声回答我。

"我是不是总会送你最好的生日礼物?"

"瑞雯,"博士严肃地说,"我需要你的帮助。"

"你一直都需要。"

"我弄丢了一个人,一个人类,我需要你帮忙找到他。'丢'实际上是不准确的,我是把他放错地方了。我知道他在哪里,但是我没法去找他。因为有一只巨型绿色外星虫子需要我对付,还有……"

刺耳的警铃声打断了他。

我俩早就学会了"先逃跑,等会儿再问问题"的技能。

这让我们在对方开火前就领先一步,虽然这几乎无济于事。

我们四面受敌,枪火越来越密集,让我们只能赶紧躲进一个空置的洗手间里。博士用音速起子融化门锁,为我们争取了一两分钟的时间。

这里除了大门之外,没有其他可以逃出去的地方。博士又挥了一下他的音速起子,解开了我们的手铐,然后他把一个设备缠在我的手腕上。我认出那是一个时间漩涡控制器——我当然认得出来,因为我自己就有一个类似的。

"马丁·弗林特。"他大声说。守卫们已经开始嘭嘭砸门了。

"谁?"

"在2016年7月7日下午两点三十八分,他不小心掉进了一个时间漩涡裂缝,就在大罗素街旁边的一个停车场里。"

"他可真不小心。"

"他被甩回了过去。没有甩得特别久远,也就回到了八到十小时前。我需要你找到他,盯着他,直到时间线恢复正常。你得保证他不会做蠢事,比如联系之前的自己,或者给所有人剧透《一掷千金》的结局,或者……"

"你想让我给你做保姆。"我挑了挑眉。

博士开心地点了点头,"就是这样,没错。别担心,马丁这天过得可累了,所以他大概会一觉睡过去。"

门外逐渐安静下来,这可不是个好兆头。

我猜守卫们是去拿音速爆破枪了,那玩意儿几秒内就能在这门上打个大洞——也是我圣诞心愿单上的好东西。博士把音速起子对准了时间漩涡控制器,我意识到他要远程遥控这个设备。"我们是不是错过了'我同意这次行动'的部分?"我抗议道。

"我觉得我们可以跳过那部分,节省时间。"

"那你怎么办?"我问他,"那些守卫看到你会直接开枪的。你怎么逃出去?"

他冲我咧嘴一笑,把头盔歪成一个俏皮的角度。"瑞雯·宋,"他说,"我觉得你应该清楚我的本事。"

他按下音速起子上的一个按钮。

发射器的绿灯亮起,我手腕上的设备启动了。洗手间、风暴监狱和整个五十二世纪在我周围渐渐消失,我全身一阵难受。等我回过神来,已经跟跟跄跄地站在鹅卵石铺的地面上了。

漩涡旅行法通常不会让我这么难受——我头发的遭遇是另一回事,但这事要讲起来就一发不可收拾了。我感到有什么事情不对劲,便抬头看看天空,然后我可以确认,真的有东西不对劲。

"啧,博士,"我抱怨道,"你选的这地方相当有情调了。"

我在一个狭小的停车场里,它夹在两幢办公楼背后。这里只有两个停车位,反光告示板上写着:"仅供'万无一失投资公司'雇员使用",旁边是几个颜色不同的垃圾桶。两个停车位现在都空着。

看起来，我确实是在正确的地点，但这个时间不对。

现在不是他说的那个时间，即使头顶雷电交加，天空也亮过头了，而且我可以听到旁边街道上交通高峰期的吵闹声。一定是雷暴让我的旅行出了岔子，但我不敢再试一次了。

我甚至不知道这个日子对不对。

这时，我感觉有人正盯着我。

一个男人从角落的安全出口门里走出来，站在几级台阶上面，栏杆挡在身前。他是个中年男人，个子不高，秃头，超重，穿着老式的西装三件套，马甲上还挂着怀表。

"不好意思，"我说，"我正在找一位……朋友。我不知道你认不认识他。他叫马丁·弗林特，早些时候在这附近。"

那个男人依然盯着我——透过一副镶边圆眼镜，不屑地盯着我。不知道他在那里待了多久了。

亲爱的日记，此刻你知道的比我多。你知道这个男人比他看起来更重要，否则我为什么要专门写他？然而我的描写缺乏戏剧性的先兆。管他的。

我再次向他道歉，然后离开了。

我朝大路走去，边走边在灰色的监狱连体服口袋里翻找。我随身带着你，亲爱的日记，还有一支笔，一只致幻口红，那是我为了一个特别的场合预留的。要是我提前知道今天会有场冒险，会准备得更加充分。

至少我会打扮得更时髦。

我得尽快找到马丁·弗林特，我必须查出他究竟做了什么导致了这场时间风暴，然后我还得处理好它——如果我能做到的话。

我真希望博士再多告诉我点儿信息，如果没有地址，有年龄也行……或者职业、他的身高、眼睛的颜色，任何信息都行。如果我没法描述他的样子，要向路人打听他，是很困难的事。

在黄页或互联网里搜寻肯定也没有什么意义。要是他父母给他起名字时多点儿创意就好了……

和一位报亭老板的闲聊给了我第一个突破。

老板是七点开的门，他在六点四十五分到了这里，那时一辆救护车从他身边急驶而过，他敢肯定救护车停在了停车场那边的小路上。我请他告诉了我最近几家医院的名字。

我用了一点花言巧语与一些假惺惺的眼泪，说是为了寻找"走丢的未婚夫"，让报亭老板把他的电话借给我用一下。

三十七分钟后，我把一辆偷来的轻便摩托车停在了医院的救护车区，心里默默感谢将它独自留在路边的快递员——钥匙和头盔一应俱全。我敢肯定，如果我有时间解释为什么需要它，他就不会太介意了，至少他也会在骂我时斟酌一下用词。

我已经推断出马丁·弗林特被带到了这里。我在前台询问更多信息，他们问我是不是他的家属。我对这个时代、这个地点很熟悉，也早就料到对方会问这个问题，熟稔的谎言脱口而出。"是的，我是。"我说。

现在不是探望时间，但没有人阻止我大步踏进马丁·弗林特的病房，好像我本就该在那里一样。病房里只有一张空床，他的名字写在床头的白板上。床单上铺着一张报纸，我拿起来，看到上面的日期是"2016年7月7日"。

一阵不安向我袭来，我拦下一名路过的护士，告诉她有一位病人失踪了。

她一开始并不是特别在意，"他不会走很远的。"她语调轻松愉快地说。她指着床边半开的床头柜，里面的架子上有折好的一条皱巴巴的灰色长裤、一件白色衬衫，一个破破烂烂的棕色皮质公文包放在架子下面。

我蹲下来仔细看了看。

"不过他感觉好多了。他不知怎么昏了过去，但我们没发现他身体有什么问题。我们正准备今天下午把他送去做个扫描，但那之后他应该就可以出院回家了。你是他的家属吗？"

"鞋子，"我说着检查了一下床底，"他的鞋子在哪里？"

这句话引发了一场混乱。

他们搜查了所有卫生间，四处询问是否有人见过他。马丁隔壁床的病人证实，那张报纸上的什么事情让他心神不宁——"他不断问我今天是几号，好像他自己不记得了一样，可怜的家伙。"

有人刚好看到他溜走——他胳膊底下夹着团起来的西服外套,双手颤抖不已。"我以为他只是出去抽根烟。"一位门房被派去外面检查,他回来后说,外面什么都没有。

与此同时,我利用所有护士都离开护士站的良机偷偷翻看了电脑记录,还好在他们的注意力被完全转移之前已经有人登录了电脑。我按了几个键,调出了马丁·弗林特的地址。

希望我借来的轻便摩托车还没有被拖车拖走。

马丁住在一排维多利亚连排房中间,准确地说,是它们下面。这些连排房子有着白色的灰泥外观和飘窗。

我在早上十点四十四分停在了他家对面。我的时机把握得非常精准——有人正好要离开,正摸索着要拿钥匙锁门。那人就是他本人吗?我竟然这么幸运?

这个男人四五十岁的样子,符合我在马丁病历上查到的年龄。他肩膀下沉,仿佛扛着全世界的重量。他穿着一套皱巴巴的灰色西装和一双棕色鞋子,但真正泄露他身份的是那个公文包。

他拿着一只破破烂烂的棕色皮质公文包,和我在医院里看到的那只一样。不,我想,和我在医院里看到的那只不太一样。

我确实找到了马丁·弗林特,但这不是我要找的"那个马丁·弗林特"。这是他稍稍年轻一点儿的"自己"——也就是说,年轻了八到十小时吧——那个处于正确时间线上的他。他低头匆匆沿着街道向北走去,目标是街角的地铁站。

我犹豫一番,不知是该去他的公寓里寻找未来的他的下落,还是跟踪现在的他。我知道前一个选择很可能让我空手而归。

我决定抓紧我唯一的线索。

我跳下车,紧跟在"小"弗林特后面。但我们还没有走出去多远,前面就有一个人转过街角向我们走来。

不,他们其实是同一个人。

向我们走来的这位马丁·弗林特,穿着深棕色的皮鞋,没穿袜子,皱巴巴的西服外套里面是医院的条纹睡衣。

"小"马丁不太注意周围的环境,所以还没有看到他自己。但"老"弗林特在路中间踉跄着停下了脚步,他睁大眼睛盯着此刻还不那么衣冠不整的自己。

我加快步伐——但希望不是太快,以免"小"马丁在我从他身边走过时注意到我。我走到他俩中间,伸开手臂防止他们看到彼此。"亲爱的!"我大喊一声,接着扑进"老"马丁的怀里,紧紧抱住他,然后亲了上去。

"小"马丁在路过我们身边时抬头看了看,但是没有认出自己的后脑勺。他转过街角后我才放手,年长的他随即躲得远远的。

"你在干什么?"他气急败坏地问,"你是谁?!"

亲爱的日记,我要郑重声明,通常说来,当我亲吻一个陌生人时,他们的反应要比这好得多。

我用胸有成竹的目光注视着马丁·弗林特，这个眼神表示我对一切情况心知肚明，尽管我知道的信息其实不多。"是博士派我……"

"呃，谁？我不觉得我认识什么……"

"从你这一惊一乍的样子我就知道，你明白我指的是谁，所以别想在我面前撒谎。"我指了指"小"马丁·弗林特走过的转角，"他要去哪里？"

"我……他……我得去办公室待几个小时，今天下午我在镇上还有场面试，只是我……"他的肩膀塌了下来。他用大拇指揉了揉红肿的眼睛。他既没洗漱，也没刮胡子。

"我那时在……我是在一个停车场里？我看见一只……一只……"

"一只巨大的绿色外星虫子？"我提示他。

"还有一个男人，有一个男人在那儿，他有一个……"

"极有特色的下巴。所以，你的公寓今天在别的时间都没人，是吧？"

马丁看着我，眨了眨眼，"你怎么知道我一个人住？"

"亲爱的，你要我从哪儿说起呢？"我说。

"我没有……我没有疯吧？"马丁·弗林特问我。

"你比我更清楚。"

"但……今天是周四对吗?周四……"

"七月七日。"

他进屋以后,一屁股坐在了一只破破烂烂的沙发上,弹簧随之吱呀作响,沙发套上满是老旧的污渍。"但我……我已经……"

"已经活过了七月七日,我知道。我刚看到'你'开始'今天的生活',记得吗?欢迎回到过去。"

我走进凌乱的小厨房,从沥水板上的一堆餐具下面抽出两只干净的玻璃杯,接满水。

我能从小窗口里看到马丁,虽然他背对着我,但我能看到他缩成一团,依然竭力想要搞明白这令人费解的事情。

"所以,你……你怎么知道……"

"你的未来?哦,马丁,你知道现在外面是什么样子,到处是剧透,躲都躲不开。我觉得全是互联网的错——一是这个,二是让猫咪相信它们统治着世界。"

我把一杯冷水塞进他手里。他拿着杯子,看都没看一眼。"你也是……从未来过来的吗?你是跟着我来的吗?"

"总得有人跟着你。"我说,"如果不是我刚才阻止了你和过去的自己见面,你知道会发生什么吗?"

"不知道。会发生什么?"

"视情况而定,从无法治愈的'似曾相识'的幻觉,到时间连续体的毁灭,都有可能。现在我更加倾向于后者,你没有看到外面的天空吗?"

"雷暴吗?"马丁的脸拧成一团,仿佛努力回忆是一件很痛苦的事情,"你是说我……不,这不可能,因为你的博士朋友……我记得他说雷暴是那个怪物造成的。"

我坐到他旁边,"雷暴昨天也发生了,对吗?我的意思是,今天。你记得今天的雷暴,对吗?是因为你之前已经经历了一次,对吗?"

"是的,是的,我就是这意思。那可能是……我不确定,也许这次比上次还糟,这可能吗?这怎么可能?"

我喝了口水,一边让水在嘴里打转,一边思考着。

所以,博士在马丁的"事故"里掺了一脚。

这部分应该不用明说了吧?否则他为什么不能自己回来?在他觉得有必要的时候,会特别坚持自己的时间法则。在同一天的伦敦有两个马丁·弗林特,已经够糟了,如果再有两个博士……

不好意思,亲爱的日记,先给我一点时间,让我想象一下那个场景。

我让马丁从头告诉我所有事情。"不,我又想了想,"我说,"别从头开始了,直接从今天早上开始。"

"你是指第一次'今天早上'还是……"

"你掉进裂缝之后,醒了过来,然后……"

"我就在停车场了。我还在停车场里,只是……太阳刚刚升起。我以为我肯定是在那里躺了一个晚上,我觉得很冷、非常冷,我什么都不记得了,只有一些片段……我肯定是又晕了过去。然后,我就发现自己躺在医院的床上,那里很暖和。护士说,我运气不错,因为有人及时发现了我。病房里的广播开着,然后我意识到……"

"你又回到了周四早上。"

"我以为自己疯了。"

"不难想象。"

"报纸也是……我完全给搞糊涂了,我必须离开那里,必须回到真实的世界里,去一个熟悉的地方。我就让自己出院了。"

"你是说你逃走了。"

"趁没人注意的时候,我抓了外套和鞋子就溜走了。我找到地铁,然后就回家来了。我不知道自己指望在这里找到什么。"

"哦,相信我,要我说,你很走运。"

"我只是想……我不知道,只是想睡一觉吧,然后明天起来就是周五早上了,外面没有另一个我,所有事情也都合情合理了。"

"这就是故事的全部了?"

"什么意思?"

我眯起眼睛盯着他,"你没有别的事要告诉我?"

"没有了。"马丁坚持道。但他不看我的眼睛。

"所以,你直接从医院回到这里,没有先去别的地方?"

"我已经告诉你了。"

我看了一眼马丁壁炉上的旅行钟,它告诉我现在已经是十一点。我在他之后离开医院,但是比他先到家……不过我们的交通方式不一样,他有可能在说实话。

然而,直觉告诉我——并非如此。

"听我说,马丁,这很重要。你也明白,自己现在不该在这里。你在过去做的每一件事都会带来后果,它们会……"

"那你呢?"他打断了我的话,带着一丝挑衅反驳道,"你也不应该在这里,不是吗?"

"确实,"我承认道,"我不应该在这里,但我知道自己在做什么,我知道不要碰哪只蝴蝶。而且,马丁,我不是穿回自己时间线的人。你听说过祖父悖论吗?"

"我不确定。是哪个……"

"你肯定看过《回到未来》吧。"

他的眼睛瞪得溜圆,"你……你担心的就是那个?但你也看到了吧,我没有和他讲话——另外那个我——他也没有看见我。我的意思是,我都没有看到我自己。他没有……我不会……"

他的眉头紧紧蹙着,这是时间旅行者们在竭力理清时态和人称代词时常有的表情。但我必须承认,他说得有道理。他没有和自己进行任何互动,我阻止了这种事的发生。所以,无论马丁·弗林特向我隐瞒了什么——我知道他肯定有所隐瞒——但,那又能有多重要呢？

我站起身，穿过房间，走到后窗前。从那里望出去可以看到荒凉的后院，种植箱里的几朵鲜花早已枯萎。这座房子肯定是建在斜坡上的，因为后院、后面的小巷子和马丁的起居室，在同一水平线上。上方的公寓修有通往后院的台阶。

如果我伸长脖子，就可以看到一小块风起云涌的深红色天空。不知道雷暴是不是又加剧了？

此刻，最好的方法可能就是让马丁睡一觉，正好如他所愿。再盯他三个半小时，我就可以离开了。我要相信，无论外面正发生着什么事情，博士都可以搞定，准确地说，是已经搞定了。这只是一个简单的保姆工作，就像他告诉我的那样。

我转身看了眼马丁，他正抱着膝盖，两眼无神地盯着前方。"告诉我博士和那只巨大的绿色外星虫的事情吧，"我说，"告诉我停车场里到底发生了什么。"

此时，一道影子在前窗外闪过，有人走下楼梯到了马丁的门口。一阵刺耳的门铃声让马丁吓了一跳，他从座位上蹦了起来。

"不要回答，"我告诫道，"'马丁·弗林特'这会儿不应该在家，记得吗？他正在去办公室的地铁上，然后他……"

不用多说，他对我的警告充耳不闻。

"是史密斯先生！"马丁大叫道。他透过脏兮兮的纱窗向外窥看。

"谁?"

"是史密斯……他在这里做什么?这可能很重要,我必须……"

在我能够阻止他之前,他就冲到门口,打开了大门。我听到他的声音和一个柔和而嘶哑的声音寒暄着。然后,马丁带着他的访客回来了,"史密斯先生,这位是……呃……"

"瑞雯,"我说,"瑞雯·宋。"

我俩都没有伸出手,反而带着怀疑和似曾相识的眼光打量着彼此。马丁还在喋喋不休,什么都没有察觉到。

"这位是……呃,史密斯先生。他今天下午面试了……我是说'将要'面试我,还记得吗,我说过的。这是第二次面试了,他有自己的公司,叫……"

"万无一失投资公司。"我顺理成章地得出结论。

亲爱的日记,这家伙显然就是我在停车场看见的那个戴眼镜的男人。

马丁很有自知之明地瞥了眼自己的医院睡裤,"啊,是的。我应该去换……请随意,别见外,史密斯先生,我一会儿就好……"他匆忙穿过走廊进了一个房间,我猜那是他的卧室。

与此同时,"史密斯先生"和我谨慎地打量着对方。

"所以,你找到了你的'朋友',宋小姐。我为你感到高兴。"

"是的,我找到了,谢谢你。"

他的嘴边勾起一丝假笑,灰色的眼睛冰冷如钢,"我觉得我应该来拜访一下弗林特先生,看看一切是否……正常。"

"您真是体贴。告诉我,史密斯先生,"我冷淡地说,"'万无一失投资公司'具体是做什么的?不,让我猜猜,你们交易的是未来。"

"而我猜,这是你感兴趣的领域?"

"可以说我有所涉足。"

"或许你也应该来参加面试,如果你现任雇主不反对的话。"

"哦,我不受雇于……啊。"史密斯先生突然紧盯着我的右手腕,时间漩涡控制器从我袖子里露了出来。

他的表情无疑表示他认出了那是什么。

在他将手伸向腰间时,我已经飞身躲到了沙发后面。

他的手里瞬间多了一把枪,仿佛是从看不见的枪套里拔出来的。那是一把短小的白色爆能枪,肯定不是这个年代、这个世界的产物。他开枪射击,一道能量束紧贴我的头顶飞过,打中墙上的镜子,将后者融化成渣。

他绕到沙发侧面,又开了一枪。

这次,他在马丁的地毯上烧出了一个圆形的大洞。

我早就逃开了。我从茶几上抓起一只烟灰缸,像铁饼一样朝他扔去。烟灰缸打在他的太阳穴上,使他一枪打歪,摧毁了整扇前窗。然后,我趁他还在晕乎,一下猛扑过去,将他扑倒在地。

他比外表看上去要壮。他将我整个儿推开,摸索着掉在地上的枪。我以为自己抓住了他的腰带,想要把他拉回来,但什么东西落在了我手上。与此同时,一道绿光闪过,史密斯先生的样子……变了。

落在我手里的是一个小小的圆球装置,上面有控制面板和微型镜头——那是一个全息投影仪。此刻,我眼前出现了一只巨大的绿色怪物,它全身油光滑亮、黏湿不已。我不知道这是什么种族的生物,但这副尊容十分符合某个描述。

它尾巴着地,立起身来,笼罩在我头顶,发出啧啧的声音。它的头顶伸出一对晃动的触角,顶部是血红的眼睛。这个怪物穿着一件机械护甲,上面还连接着一对机械强化手臂,其中一只手上握着爆能枪,枪上有一根银色的管子连在护甲上面。

我躲进小厨房里,大虫子在我身后用猛烈的火力扫射房间的各个角落。

我在厨房里寻找武器,不知道能不能找到一把刀,或者任何能用上的东西都行。博士竟然让我手无寸铁地陷入困境!我发誓,虽然我爱他,但是有时候我真的很想扇他一耳光。此时,我听到外面传来惊恐的声音,接着是扭打声和什么东西被勒住后发出的短促尖叫。马丁回到了客厅里——毫无疑问,大虫子抓住了他。

我透过小窗口看去,他还是穿着那种款式的西服和衬衫,但至少他现在穿上了袜子。

"赶紧出来，时间特工！"那个怪物嘶嘶喊道。它的声音——听上去很像史密斯先生的声音——是从护甲上的一个栅格里传出来的。同时，它触角上的眼睛也愤怒地眨着。它的一只机械手臂掐住马丁·弗林特的喉咙，另一只则拿枪抵在他头上。"否则就亲眼看着我杀了你的朋友吧！"

"是你，"马丁呜咽道，"史密斯先生，你就是那个怪物……"

"我可不是时间特工！"我赶紧喊道，打断了他的话，"但应该由我来威胁你才对，我手上有……"我什么都没有，我得赶紧找点儿灵感。我环顾四周。要对付一只大虫子……而我在厨房里，为什么不这么说呢？"我有一大袋盐正愁没地方用呢！"

大虫子从触角到尾巴猛地哆嗦了一下。

我赶紧再接再厉。"听着，"我说，"这位先生，我要如何称呼你？我觉得你看上去不太像'史密斯'先生。"

"盖吉海克斯。"这个怪物大声说，"我是盖吉海克斯，腹足联盟伟大花园帝国的流放王子，我……"

"我相信你，而我是一个戴着时间漩涡控制器的疯女人，不巧出现在你的停车场里。所以，你也做时间旅行是吗？我没资格批评你，我也不是来阻止你的。"到现在为止，我说的都是实话。

"而我……我不是故意……"马丁加入了我们的对话，"我只是去面试，然后看到你和那个叫'博士'的家伙在停车场里打斗，然后我……"

我再次打断了他。"你看这样如何?"我建议道,"你放马丁走,我就把全息投影仪还给你。你会发现,如果没有这东西,你的生意会不太好做。你的客户们会盯着你瞧。我们交换一下,然后三个人一起出去,谁也不用开枪打谁。我们就此分道扬镳,互不……"

"同意。"盖吉海克斯说。这答应得也太快了,我想。

无论如何,我们还是做了交换。

我故意把投影仪高高抛起扔给盖吉海克斯,大虫子把人质扔开,去接那个设备。马丁跌跌撞撞地跑进小厨房里,全身发抖。我早已到了后门,打开门锁,一把将马丁推到后院,叫他赶紧跑。盖吉海克斯出现在我身后,举着自己的爆能枪。我就知道不能相信这家伙。"我转念一想……"大虫子说了起来。我肯定那会是适合当下情景的简短发言,但我并不想听。虽然没有找到一整袋盐,但我在灶台上发现了半瓶,我把它们全往大虫子的方向撒了过去。

这家伙发出一阵尖叫,估计是给吓的,而不是真的受了伤,毕竟只有几粒盐真的碰到了它。它开始四处乱射,一道能量束击中天花板上的灯带,大量电火花洒落下来,将我们隔开。

我掉头就跑,匆匆穿过院子。马丁在院门后面等着我,我一下子撞到了他身上。

"赶紧跑啊,你这笨蛋!"我冲他吼道。我们一起跑远了。

马丁想回他的公寓去。

他在操心后门没有关上、窗户被融化了之类的事,他说那附近有入室抢劫案发生。我告诉他,如果盖吉海克斯再次盯上他,他要担心的就不是自己的财产问题了。

"你才是他想杀的人。"他一脸闷闷不乐地回答我。

亲爱的日记,他没有说错。

那些"别碰蝴蝶"的努力都白费了。现在我知道,盖吉海克斯要么看到、要么探测到了"我即将到来"这件事,之后我告诉了他马丁·弗林特的名字,也就等于告诉了他,在哪里可以找到我。

我又怎么知道,他会有马丁的地址呢?

空中那抹血红色绝对变深了,闪电也越来越频繁、越来越激烈。远处,令人心惊的雷声隆隆作响。"盖吉海克斯今天下午会和博士碰面,"我自言自语般说道,"如果因为我,他错过了这事……"

接着我突然想到另一件事,一件更糟糕的事。

我拉起马丁的手又跑了起来,完全不理他的哀号抗议。我把他往地铁站的方向拽,"我们得去你的办公室。"

"但我……另一个我还在那里,你说过……"

"我知道我说过什么,马丁。但这和你说过的事情有关。"

"什么意思?我不……"

"你刚刚基本上已经把盖吉海克斯的未来给它剧透完了。你让它知道自己将遭遇厄运,你——年轻的你——会牵扯其中。那么,如果你是一只可以时间旅行的、杀气腾腾的外星大绿虫子,在掌握这个信息之后,会采取什么行动?"

"我……我会……"马丁的脸一下子变得煞白。

我们到了地铁站,我说服这位糊涂的同伴给我买了张票,然后我们一起在开放的站台上等车。

"我应该给他打个电话,"马丁突然说,"给'我',我应该警告我自己……"他在自己身上摸索一番,蹙紧了眉头,"我的手机,我把它忘在医院的公文包里了。这里有投币电话吗?你能看到哪里有投币电话吗?"

"给自己打电话从来都不是个好主意,"我告诉他,"想象一下那个对话会怎么展开吧。别说了,我们的地铁来了。"

地铁列车进站时发出刺耳的刹车声。在这个时间,在离市中心这么远的地方,车厢里几乎没什么人。我问马丁到办公室要多久,"顺利的话,四十五分钟。"他答道。

不知道盖吉海克斯会不会比我们早到?首先,它必须理清事情的发展,然后它还得找到马丁公司的地址,除非它已经有了。我还想起来,它办公室后面的停车位上一辆车都没有……

接着,我意识到,它可能会用新的全息投影形象,和我们一起搭乘这班地铁。

接下来的四十五分钟简直令人如坐针毡。

马丁在一栋由水泥与玻璃建成的办公楼的四楼工作,那里离巴比肯艺术中心不远。我们跑上前去,看到楼外停着一辆警车和一辆救护车。我告诉自己,这并不代表什么。

但,当我看到门外那倒在地上的眼熟的轻便摩托车之后,心头顿时一沉。

我决定不等电梯。

等我们一路爬上楼梯,马丁已经气喘吁吁、汗如雨下。我觉得这是件好事,因为这样一来他就不会多嘴了。他的办公室里人声喧哗,除了救护人员,还有几位警察,所以我非常不希望他脱口说出一些不该说的话。

盖吉海克斯在这里留下了不少痕迹——墙上有烧焦的印迹,空气里充斥着电离的气味,电脑屏幕和键盘融化成奇怪的形状,椅子也东倒西歪。

受到惊吓的职员们聚集在一起。有些人正在接受急救,但看起来没有人受重伤。盖吉海克斯要么枪法糟糕——这不是没有可能,要么就是并不打算杀人。

有一位员工明显不在其列。

"我在找马丁·弗林特,"我问他们,"他在哪里?"

一位脸色苍白、穿着不合身西服的年轻人看着我眨了眨眼,

"那就是他,就在那里,站在你后面。"

"啊对,是的,显然如此。我的意思是……"

"马丁!"

两个方向同时传来呼喊声,我们周围回响着这些声音,听起来仿佛耳语:"马丁……马丁……马丁……"

突然之间,我们成了人们关注的焦点,人群在我们周围聚集起来,他们满腹疑问——马丁还好吗?他去哪里了?对于这只闯进他们生活里的怪兽,他知道些什么?

"它在找你,"有人好心地解释了情况,"它指名道姓要找你,指名道姓!到底发生了什么啊,马丁?"

我随机应变道:"他受到的惊吓太大,现在讲不出话。那个怪物对他做了什么?"谢天谢地,我没有看到尸体。"抓了他做人质吗?还是说,他看上去有没有……怎么说呢,像因为被枪击中而惨遭解体?"

马丁发出一声压抑的低吟。

"当时他不在这里,"那位脸色苍白的年轻人说,"所以那个怪物才到处乱打。它说,如果我们不告诉它马丁去了哪儿……"

"不在这里?"马丁终于能够说话了,"但那是不可能的。我……"

"你们跟它说了什么?"我问。

"我们别无选择。真对不起,马丁,但它可能会杀掉我们所有人。"

"凯西告诉了它你接的那个电话。"另一位职员加入对话,"从银行打来的那个。她说你去处理事情了,但是她不知道你究竟去的是哪个银行,我们没人知道,所以……"

我转向马丁,"哪个银行?"

"我公寓附近有一家支行,但是我从来没有……"

我四处张望,找到一个没有融化的挂钟,现在是十二点三十四分。

"我们给'你'打电话吧。"我当场拍板。我从地上捡起一只台式电话,检查一番它是否完好,然后把它塞进马丁手里,自己拿着话筒。我示意他拨号。

我听着对面嘟嘟的等待音,思考着等会儿与马丁·弗林特接通后要对他说什么。结果,我完全不需要担心这个。

我听到一阵用八十年代流行歌曲作为来电提示的铃声,那声音很闷,但它越来越近,音量越来越大。一位衣着靓丽的年轻女士拎着一只眼熟的公文包走了过来,她的头发有些凌乱。

"你走得那么急,都忘了带上这个。我想要追上你,但是……"她把公文包递给马丁,他打开破旧的皮包,翻了半天,摸出铃铃作响的手机,然后无助地看着我。

更多警察来到现场,他们四处询问,做着案件记录。在他们找上我们之前,我赶紧把马丁带走了。我们从无人看守的侧门溜了出去。在奔下楼梯时,我警告他道:"你怕是有很多事得跟我好好解释一下。"

"我已经那么干了,是不是?"马丁愁眉苦脸地说,"改变了我自己的过去,就像《回到未来》一样?现在会发生什么?我是不是要……逐渐消失了?"他盯着自己的双手,翻来覆去地察看它们,还晃动着手指。

"这可能是我们这会儿最不该担心的问题。"我低声说。

我们坐在利物浦街地铁站外的一道矮墙上,背靠着栏杆。我已经算过时间,我们没法赶到银行,找到"小"马丁·弗林特,然后按时把他送到面试地点。

如果马丁没有去面试,就不会掉进时间漩涡裂缝回到今天早上,一切就会扭曲。如果马丁参加面试,就会掉进裂缝里,历史就会陷入死循环。

"他会赶到的。""老"马丁·弗林特坚称,"他会的。我真的非常想要那份工作,我能赚得更多,比现在多得多。我第一次面试很成功,我真的觉得自己这次能有机会。所以,无论银行有什么事,我都肯定……"

"银行到底有什么事,马丁?"

"我不知道。我怎么会知道?"

"你做了什么?这次你得说实话。我知道这里面肯定有什么不对劲。"

他局促不安地动来动去,"我想,有的时候,银行会打电话给我,比如我的账户上出现了在他们看来是'异常情况'的……"

"比如?"

"我可能……我就……押了个注。一个小小的赌注。好吧,也许没有那么小……"

他瞥了我一眼。他一定看到了我眼里的斥责,因为他立刻自辩起来:"我怎么知道呢?我在离开办公室之前看到了赛马的结果。在医院里,我突然想起来十二点半那场比赛的胜者是谁,赔率是十六比一……在经历了这一切之后,我难道不该得到点儿什么吗?"

"你把所有积蓄押到了一匹马上。"我总结道。

"是的,我这么做了。"

"庄家肯让你这么做?"

马丁耸了耸肩,"我花了点时间来说服杰夫,但他认识我,他过去从我这里赚得也够多的了。不管怎么说,那些押其他马会赢的赌注也能让他抵掉大部分了,所以他也不会损失太多……我的意思是,不是说我……"

"拿了不属于你的东西?"

亲爱的日记,看看我吧,我站在了道德的高地上!其实,我才不在乎马丁·弗林特——或者一百只巨型绿色外星虫子——会不会利用时间旅行来发家致富。只要他们小心谨慎,只要他们不一下子赚太多。毕竟,你在过去做的每件事,都会给未来带去后果……

"像那样的公司,"马丁盯着自己的鞋子,嘟嘟囔囔地说,"几千镑对他们来说是小意思,什么都不算。他们不会念念不忘的。"

我们头顶划过一道闪电,雷声的巨响盖过了隆隆的交通,我俩焦虑地望向天空。"是的,"我对马丁说,"你说得大概没错,他们多半不会在意的。"

"你,呃,今天早上说了什么事情,是关于……毁灭的?"

"时间连续体的毁灭,是的。"

"那会很……糟糕,对吧?"

我觉得我没有必要回答这个问题。

"有没有什么是我们可能、可以做到的,你知道的,就是能阻止那事发生的那种?"

我努力将注意力从血红的天空转移开,重新振作起来。"总会有办法的。"我说,"在事情和博士有关时,尤其如此。"

"博士?"

"我之前也没有完全和你说实话。我这辈子也踩到过几只蝴蝶,很大很大的蝴蝶。"我想,寂静湖就是其中之一。"但是,博士找到了拨乱反正的法子,他永远都能。"

马丁·弗林特说:"哦……"

我朝他皱起眉，"又怎么了？"

"只是，我觉得……我好像救了博士的命。在那个停车场里，那个怪物正要……然后我……所以，如果我不在那里……"

我深吸一口气，告诉自己镇定。雷声充斥耳畔，我们快要走投无路了。

亲爱的日记，请原谅我叙事的混乱时态——我们回到了一切"曾经即将发生过"的地方。

"万无一失投资公司"的办公室位于大罗素街一间空置的商店上面，它的前门和后门都乏善可陈。

现在是下午一点五十二分，我们到早了，还有一些时间盈余。

"把事情的经过再和我讲一遍。"我对马丁说。

他照做了。"我在……我会在两点二十到达这里。我一遍又一遍地按着门铃，但是没人应答。"他指了指有三个按钮的门禁系统，"我想，也许是我到得太早，就等到了两点半，也就是约好的时间，但没有人来。我开始想，是不是我把时间或者日期弄错了……"

"所以，你决定……"我让他继续说。

"绕到楼后面看看，有没有其他门。"

"确实有。"我回想起来。我脚步匆匆地带着马丁走过一条熟悉的小街，进入了熟悉的鹅卵石地面小型停车场。

"所以,你就是在这里看到他们的吧?也就是盖吉海克斯和博士?"

马丁点点头,"我一开始先听到他们互相冲着对方大吼,然后就看见了奇怪的闪光。我转过建筑物的一角,就看到——他是叫'博士'吧——博士站在通往大门的台阶最上面。那个怪物……"

"大门是开着还是关着的?"我问。

马丁皱起眉,"是……开着的吧,我记得。不,是关着的,门是关着的,我确定是关着的。"

我爬上通往消防出口的台阶,我之前就是在这里看到"史密斯先生"的。我停下来检查出口的门,它没法从这边打开,我抱着试试看的心态推了推门,它纹丝不动。当然,音速起子可以在几秒之内将其解锁,前提是,起子持有者当时有那个时间。

"那盖吉海克斯呢,"我问,"它在哪里?"

"它在这里。"马丁站在我后面说,"它就站在这里,台阶的下面。这……这能帮上忙吗?"

"可能可以。"我考虑了一下,然后回答他。

我把手伸进口袋,掏出致幻口红。本来,基于我为它付出的代价,我不该用它来做这个。不过现在不得不这么做了。

我用口红在消防出口大门上留了一句话——那是三个三十厘米高的字。我还在下面加上了表示三个亲吻的xxx,作为我的签名,然后我站直身子,欣赏自己的杰作。

"我们现在做什么?"马丁问。

"我们在这儿等着,"我回答,"观察事态发展。"

"就这些吗?"

"如果我们特别、特别走运的话……是的。"

我们在垃圾桶后面找到了藏身处,这里能提供即将上演的好戏的完美视角。我们蹲在那里,紧张忐忑,一语不发。雷暴依然轰隆作响。

马丁坐立不安,我火大地压低声音警告他,但他呜咽着说自己的腿抽筋了。这时我们听到一声轻咳,那窸窸窣窣靠近的声音听着一点儿都不像脚步声。

一个矮个子、胖乎乎、穿着西装的人影出现在停车场入口处。

他通过镶边的圆眼镜扫视了一圈铺满鹅卵石的后院,看看自己的怀表,满意地点点头。接着,他转身走回街上,走出了我们的视线范围。

"那……那就是他,"尽管没有必要,马丁还是说得很小声,"史密斯先生。"

我轻轻打开马丁的公文包,看了眼他手机上的时间——下午两点十六分。"他到早了。"

"那意味着什么?是坏事吗?"

"那意味着他已经到了,也意味着这出好戏的一位主角已经就位,只等上场,等剩下两位登场,就正式开始。那还意味着,我们有一个机会。"

就像博士一直说的那样,历史的恢复力很强。我只希望它的恢复力够强。

说到博士……他是下一个出现的。

他是背着手、吹着口哨溜达到这里来的。他边走边踢开并不存在的石子儿,朝每个方向张望,独独不看"万无一失投资公司"的后门。他完全是在表演哑剧里"漫不经心的路人甲"。

突然,他歪歪头,像是听见了可疑的声音,然后他支起一根手指放在下巴上,摆出思考的造型。我觉得他好像低声自言自语了些什么。

他以为有谁在看他吗?我指的是,除了马丁·弗林特和我——当然还有外星虫子——之外。

"啊哈!"博士大叫着转了个圈,他夸张地伸出一只手,直直指着门。然后,他挺直背,从夹克里掏出音速起子。现在,他的表情已经非常严肃了。

表演结束了。

他爬上通往后门的台阶。就在他这么做的时候,马丁抓住我的胳膊,指甲盖陷进我的肉里。我顺着他惊恐的眼神看去,"史密斯先生"回来了。这家伙偷偷摸摸地穿过小停车场,摸出爆能枪,瞄准了毫不知情的目标的后背。

马丁全身紧绷，时刻准备冲出去。我坚定地把手放在他的肩上，摇了摇头。我暗自祈祷自己做得没错。

"史密斯先生"已经在博士身后了。我突然想，如果博士今天死在这里，我们就永远不会有过去的那些相遇了。然而，就在此时，他走到消防出口门前，他不会错过我用口红写给他的信息——"看身后"。

他猛地转过身。

盖吉海克斯的武器消失在它的全息投影里。

"你就是这家公司的老板吧，"博士说，"怎么称呼？"

"史密斯。"披着伪装的外星人答道。

博士露出了心照不宣的微笑，"哦哦哦，我也会用这个化名，我们的假身份说不定还是亲戚呢。让我们来看看——你用的是安装在机械强化护甲里的全息投影仪，对吧？不过，你移动时发出的窸窣声让你露馅儿了。我是……"

"我知道你是谁——博士！"

博士眯了眯眼，接着继续用愉快的语调说："所以，现在我们算是认识了……"

"你可不是第一个企图阻止我的时间特工！"盖吉海克斯嘶声道。

"我不是时间特工。"博士说。

"上一个人也是这么说的！"

"但我会阻止你。"

"这不可能。"扭曲的笑容再次回到"史密斯先生"脸上,那把枪也突然出现,"因为我已经目睹了未来。"它扣下扳机。

与此同时,博士打开了音速起子,盖吉海克斯在一道令人作呕的绿光里现出了原形。

它的机械护甲被破坏了,发出嘶嘶的声音,还火花四溅。连接爆能枪和护甲的管子上有一道烧坏的裂痕,盖吉海克斯的武器爆炸了——连同它的机械右手一起。

它惊恐不已地摇晃着,"你做了什么?!"

"护甲5000有一个设计缺陷,"博士几乎面露歉意地说道,"松开右边的螺丝,就能让控制板短路,然后……"

他的话被打断了。盖吉海克斯发出一声令人毛骨悚然的嘶吼,扑向博士。它身后的鹅卵石地上留下了黏稠的反光痕迹。

通往消防出口大门的台阶拖慢了它的速度,博士爬上栏杆,正要跳下来,突然,第二只巨型虫子出现在他的正下方。它的护甲也噼里啪啦地爆裂着,它也少了一只手。

"史密斯先生,或者不管你真的叫什么,听我说,"博士朝着一只虫子,然后转向另一只,大喊,"我之前没有意识到——我应该意识到的——你们的时间漩涡控制器安在你们的护甲里,那……"

话没说完,第一只虫子就把他撞到后面的砖墙上,紧紧缠住了他。博士拼命挣扎,但是怪物体型巨大,让他脱不了身。

然后,突然之间,那个怪物消失了,接着它重新出现在几米外、几秒前的位置上。博士逃脱了,大口喘着气。

剩下的那个盖吉海克斯也在大口喘气。

它的护甲被闪光的能量缠绕着,显然这给它造成了极大的痛苦。此外,那些能量还在四处飞溅,一道光束击中了马丁和我前面的蓝色垃圾桶,我俩赶紧蜷缩起来。那个垃圾桶存在的痕迹被抹去了——至少是在这个现实里。但是,亲爱的日记,这还不是最糟的。

那能量将空气撕扯出裂缝——它们每次会打开一两秒。我从裂缝里瞥见了时间漩涡,这使我不得不把脸转开。"你在哪里,马丁·弗林特?"我低声问。

我听见博士恳求道:"你必须让我走近一些,我才能修……"

"不,离我远一点!"

"你不明白,现在……"

"都是你干的好事!是你!"盖吉海克斯怒吼道。

"雷暴,你一定注意到雷暴了吧?早在我来之前,它就已经来势汹汹了。那是你干的。你在未来与过去之间跳来跳去、大赚一笔,结果把时间-空间漩涡戳成了筛子。我可以修好它,如果你……"

"去死吧!博士,去死!"

"我之前听到这段了。"马丁·弗林特——我身边的这个,不该在这里的这个——吸了口气说。我一开始没有理解他的意思。"我之前在这里,"他更急切地说,"他们的这段对话第一次发生时,我就在这里。"

啊,亲爱的日记,那句话让我的心瞬间凉透了。

我们看向迸发的漩涡能量和空气中的裂缝后的停车场入口——那空荡荡的入口。"我应该在这里的,"马丁坚称,"我应该就站在那儿的啊。我在哪里?"

博士跃过栏杆,跳到鹅卵石地面上。

他围着敌人打转,想要靠近对方,但总是被炸开的火花或乱舞的机械手臂挡开。

他觉得自己看到了一个空档,便冲了过去,结果盖吉海克斯剩下的那只机械手一把掐住了他的脖子。博士跪倒在地,拼命想要讲话,却只能发出喘气和咳呛声。巨型虫子血红的眼睛从触角上鼓了出来,它的金属手指越掐越紧,越掐越紧……

"它会杀了他的,"马丁尖声说,"你得做点什么!"

我用自己所有的自制力摇了摇头,"我也希望我可以,马丁。"我说,"但我不行,不能是我。"

博士派我来到这里,他不敢干涉自己的时间线。然而,如果我直接介入他的过去,那后果几乎一样糟。和马丁一样,我会改变将我带到这里来的事件。但如果万不得已,我会那么做,然后承担所有后果。

但是,我忽然有了更好的主意。尽管,亲爱的日记,那不是个特别好的主意……

我转向马丁,把手放在他垮下来的肩膀上,说:"'马丁·弗林特'救了博士,"我提醒他,"之前是那样,现在,事情也必须那样发生,这样,历史才可能被修复。"

"但是他……他不在这里!"马丁反驳道。

我坚定地看着他,"不,马丁,'他'就在这里。"

过了足足一秒,他才完全明白我的意思,接着,不同的情绪从他脸上闪过:先是惊骇,接着是恐惧,然后是放弃,最后——比我想的要快,这确实值得称赞——他的脸上露出了毅然决然。

马丁将目光转向拼死挣扎的博士。

他仔细看着,等待出手的时刻——正确的时刻,与上次一样的时刻。一切都必须和之前那次一模一样。

他是否真的理解他要做什么?我依然不知道。

换作普通人,这会儿早给掐死了。而博士的情况也不太好,他的脸憋得通红,眼睛开始暗淡。

马丁·弗林特出手了。他冲出藏身处,用肩膀撞向盖吉海克斯,然后他将破破烂烂的公文包举起来,当作护盾挡在他们中间。盖吉海克斯松开博士,博士晕乎乎地跌倒在地。

盖吉海克斯撞上了自己办公室的后墙。马丁一定撞到了那护甲里的什么东西，因为在最后一声响和一股残烟后，护甲彻底报废。巨型虫子倒在地上，失去了意识……或者死了。

马丁也晕乎乎的，最后那道裂缝在他身边贪婪地张开嘴。他控制不了自己，跌进了裂缝中。转瞬之间他就没了踪影。裂缝在他身后重新合上，仿佛他俩都不曾存在过。

博士已经站了起来，音速起子捏在他手里。

"不，"他呻吟着，"不，不，不，不。"他在盖吉海克斯身边蹲下，扫描了它，接着他深吸一口气，再呼了出来。

"你现在可以出来了。"他平静地说。

我从垃圾桶后面走出来，"你好呀，亲爱的！"

"瑞雯·宋。为什么每次有威胁到宇宙、时间、空间的存在的事儿，你似乎都参与其中？"

"实际上，我刚才帮了你个大忙。它怎么样？"

"它会活下去的。我会通知联合情报特派组，他们可以在十五分钟内派一支小队来把它弄走。所以，如果我十分钟之前打电话给他们的话……"

他站起来，转向我，"我更担心你的朋友，他叫什么？他刚才跌进了……"

"时间漩涡裂缝，是的。他会被扔回过去，大概八到十小时之前。得有人去找他。"

他向我投来不解的一瞥，我的回应则是竖起一根手指放到嘴唇上。他知道那是什么意思。不过,我手腕上的装置今天第二次背叛了我。"手镯真好看,"博士说,"看上去很眼熟。"

"真是聪明的男孩子。"

"那,我想我们会有一次约会?"

"我想是的。"

"我能捎你一程吗?"

我摇摇头,"我得去解决一些私人问题,但我搞定之后,我们有一个约会,在圣殿沙滩。"

他的脸沮丧地拧成一团,"我没有同意这个提议,对吧?"

"我觉得我们可以跳过那部分,节省时间。"我冲他甜甜一笑,"我有没有提,我帮了你很大的忙?"

博士抬头看了看翻滚的天空,雷暴依然势头不减,电闪雷鸣仍在继续。"哦,好吧,行吧。"他勉强同意了,"但我必须提前说清楚,我不会再穿人字拖了。"

他转身要走,但我俩都僵住了。

一个身影出现在停车场入口——一个四五十岁、沉着肩的男人。他穿着皱巴巴的西服,拿着一个破破烂烂的棕色公文包。博士看着他,皱起了眉,"那是不是……"

我奔到那人面前,"马丁·弗林特。"

他有些疑惑地握住了我伸出的手,想要张望躺在我身后鹅卵石地面上的怪物。"呃,是的,我……我是来参加面试的,和史密斯先生。但我迟到了几分钟,因为有个小问题……"

我伸手揽住他的肩膀,果断地让他转过身去,将他带回外面的街道上,"马丁,恐怕我有个不好的消息要告诉你……"

所以,最终,事情经过如下:

马丁·弗林特在早上十点四十五分离开他位于伦敦郊区的地下公寓。他得先去办公室几个小时。然后,当天下午,他和一家新近成立但很有潜力的公司约了面试,那家公司在大罗素街。

他在办公室时,接到了银行的电话,对方告诉他,他的账户被清空了。他匆忙离开办公室,去处理这个问题。

我想,那意味着他必须和银行经理或客服代表开个极为耗时的会。他们无疑会向他保证,将全力调查此事。但他的全部积蓄——将近一千五百英镑——可能都拿不回来了。

怪不得他忘了时间!

他到达面试地点时已经迟了,没人给他开门。他绕到楼后,碰到了两个陌生人。他们告诉他,"万无一失投资公司"突然破产了。马丁的联系人"史密斯先生",已经离开英国。

他还注意到,停车场里有一只巨大的绿色外星虫子,我希望他对此别想太多。

他把自己的公文包忘在了办公室,回去拿时,另一件让他震惊的事情还等待着他:一只巨大的绿色外星虫子为了找他,威胁了他的同事们。更令他费解——但必须提到的是，他的同事们坚称，马丁在袭击发生后不久，就回来拿走了他的公文包。

事情到这一步，他肯定要开始担心自己的心理健康问题了。

回家以后，他发现自己的公寓一团糟。但失踪的东西只有他衣柜里的几件衣服，他的床上却莫名多了一套医院的睡衣。

两个从联合情报特派组来的男人等着和他谈话，他那天傍晚大部分时间都在回答他们的问题，但最后还是不太明白究竟发生了什么。

所以，那就是2016年7月7日星期四的故事。那是一个晴朗暖和的夏日，碧蓝的天空万里无云。也是马丁·弗林特糟糕的一天。

星期五要好得多。

星期五早上，马丁在家门口发现了自己的公文包和丢失的衬衫，西服裤和袜子叠好放在上面。他重要的工作文件都完好无损地放在包里，里面还有他的手机……以及另一件东西，那是一张下注单，上面是他自己的笔迹。

他将下注单拿给附近博彩公司的庄家，他小心翼翼地，因为他担心这是一场骗局。结果他发现自己赢了两万多英镑，那足够修好他的公寓，还能做很多别的事。

你是对的，亲爱的日记，博士大概不会赞同这个做法。但，谁会告诉他呢？而且，我恰好知道，他自己就赢过好几次彩票大乐透。如我之前所说，当规则有利于他时，他就会严格遵守。

那笔钱是马丁应得的。

这是因为：在某个地方、某个时间，另一个马丁·弗林特——别问我他是从哪儿来的，因为这个问题没有简单的答案——正困在一个永恒的时间循环里。

他的每一天都是七月七日星期四。每个早上，他都在一个停车场发着抖醒来，他的记忆是一团糨糊。每个下午，他都会跌进时间裂缝，那会将他送回过去，然后一切会从头再来。

每一天，他都会将毕生积蓄押在一匹马上；每一天，他都会在自己的公寓外被一个陌生人强吻，然后被一只巨型绿色外星虫子袭击；每一天，他都会做出世界上最勇敢的决定。

每一天——他永恒生命的每一天——马丁·弗林特都拯救了这个宇宙。

《魂断新威尼斯》

盖伊·亚当斯

盖伊·亚当斯：英国作家，做过演员，但热爱写作。他为《神秘博士》及其衍生系列创作了众多小说、短篇故事、广播剧及有声书。

一

你如果不喜欢威尼斯,那简直天理难容。

不过,当然,这也取决于你是哪年去的威尼斯。如果你不小心犯了错,在二十世纪末、二十一世纪初的时候去,那你只能走马观花地看一看风景。拥挤的人群、频繁的水灾、肥胖的游客争相和街头卖艺的小提琴手合影……贡多拉船夫用意大利腔唱着陈词滥调来讨好乘船的情侣,这些情侣只会用金钱和烂俗构筑浪漫。有一次,我看到一位贡多拉船夫面无表情地唱着汤姆·琼斯[1]的歌,但他的顾客完全被迷住了,仿佛那首《黛丽拉》是威尔第[2]谱写的。

这些都是快餐旅游的一部分,也是一种妥协。当一个地方不得不为了营收而出卖自己的一部分灵魂时,就会发生这样的事。毕竟,你总得想办法维持事物运转。

不过,时间旅行的一大好处就是可以随意选择年代。就拿十五世纪晚期来说吧,虽然这里气味糟了一些,但至少还有格调。

---

1. 英国著名歌手。
2. 意大利作曲大师。

即便我在心旷神怡地闲逛几天后,被总督守卫追缉,但说句公道话,其实是我先闯进总督府里的。所以他们只是恪尽职守。不过,我也是啊。我几乎每天都得向多切蒂解释这件事情。

"宋教授,"他会说,"拜托,做好你的工作就好。"

我们等会儿再说他。

所以,没错,我得近距离看看总督府,因为……

我们等会儿再说原因。

总之,我正在享受非常美好的时光,在走廊里闲庭信步,欣赏悬挂的油画,在酒窖里厚着脸皮品酒——这可是正规考察。是的,我承认,从各个方面来说,在总督卧房里被抓个现行,怎么看都很尴尬,但我真的只是必须试试他的床单——给我点面子,我可做过更糟糕的事儿,至少总督那会儿还不在房间里嘛。是的,被士兵们拿剑指着尽快把衣服捡起来这种事确实挺烦人,但如果不能亲自感受一番,你就无法体验上好的纯棉床单究竟有多棒。我觉得,守卫队长想用装饰斧子砍掉我脑袋的行为,确实有点过激,大家完全可以宽以待人嘛——诚然,所有人在那五分钟里都有些手足无措,而他在被一位衣冠不整的女士扔飞前,应该是个讨人喜欢的甜心。

我努力保持镇定,没有让这一突发事件干扰我的研究。我甚至花了点时间去欣赏并记住那美丽的彩绘花窗的样子——从花窗看出去,就是大运河。我承认,我确实用之前提到的那把装饰斧头敲碎了彩绘玻璃，但如果一个姑娘需要离开，她就会这么不择手段。当我把自己托付给重力时，我注意到那天傍晚的夕阳无限美好。我记得自己那时在想，大家都应该看看夕阳嘛，不过，怎么说呢，一位女士凌空飞出这种事，确实足以吸引人们的注意。

欣赏大运河的最佳位置，是站在陆地上，而不是跳进去。从河里爬出来之后，我洗了四次澡，但还是觉得自己闻起来有股河沟里那些乱七八糟东西的味道，谁都不想沾上那种气味。这时我就在想，梦想集团付我的酬劳是不是太低了？

梦想集团，是的，我们来谈谈他们如何？毕竟，所有人都在讨论他们。梦想集团由一对年轻而和善的太空嬉皮士成立于二十七世纪末（地球标准历）。他们吃藜麦、蓄胡子，致力于打造一家具有道德与社会责任感的旅游公司。它为自鸣得意的多金人士提供低能耗的假期。这想法本身听起来很好，我也毫不怀疑创始人的初衷是好的，直到有人出了一大笔钱买下这公司——那价格足以匹敌大部分星球的总GDP。后来他们就剃掉胡子，把钱存进账户，退休去了宇宙里某个特别纸醉金迷的角落，在那儿寻找刺激，掏空自己，度过余生。

公司目前属于克雷莱星的某个大集团——就是那个潮湿、遍地甲壳生物、以生产武器而闻名的星球。他们的负面新闻报道层出不穷，我无须赘述。而且，生活就是这样，嬉皮士出卖灵魂，有钱能使鬼推磨，万变不离其宗……

再说，他们是我眼下的雇主，合同第八十七章一百一十二条规定，哪怕我对公司的道德只是嘲讽地挑挑眉，都会面临违约的处罚。所以，尽管我很喜欢挑眉——无论是嘲讽还是什么——都不愿为此放弃四百万信用点，哪怕只是在私人日记里吐两句槽。

幸运的是，我的合同没有规定我能否谈论公司的其他雇员，所以我要正式在此声明：负责和我联系的梦想集团执行经理——米尔顿·多切蒂——特别猥琐。仅仅瞥他一眼都会让我生理不适，我可不会帮他把 DNA 繁衍下去，这是绝不会发生的事，他们应该信任我。不过，我也可以理解他们不想承担没必要的风险。

以前有人告诉他，马尾辫很性感，那可能只是个笑话。但他没有理解其中的滑稽之处，反而真的移植了一根马尾辫，那辫子现在就绕在他的脖子上，唯一能让人接受的合理解释就是——那辫子是在勒死他。

他穿的西服由可怕的斯特拉肯丝绸制成，这种材料会配合周围环境改变颜色。而他现在大部分时间都在建筑工地上，这也就意味着他每天都穿着价值五十万信用点的水泥袋子四处游荡。

他和人握手的方式有两种：如果你是一位男性，那么他会向你发动攻击，迫切地证明他的手劲有多大；如果你是一位女性，那么他的手会停留很久，仿佛他希望你早上出门时把身体部件装错了地方，比如在手掌的位置不小心放上了身体别的部分。

总而言之，他真的太糟糕了。

也许是我心存偏见，我多少应该肯定他两句……哦对，他判断力不错，因为他雇了我。不过那也许只是因为，他喜欢握我的手。

他正在为梦想集团最新商业企划的最终阶段忙活，那是一个私密的高端地产项目，叫"新威尼斯"。竣工后（就在这几周之内），它会是一个封闭式行星社区，目标客户群体是那种非常、非常有钱的人，他们都懒得住在那儿，就像他们从来不住自己其他的私密豪宅一样。这里将是一个空置率高达一半的闪闪发光的新小区。这里的房屋配备的科技极其先进，距离拥有自主意识几乎只有一步之遥。虽然这个项目很糟，但是，受雇参与设计能保证我在可见的未来里衣食无忧，所以我也就不怎么在乎了。再说，我也不追求宇宙最佳品位，所以他们想怎么做就怎么做吧。

梦想集团的王牌是一个新发明——"愿望凝土"（我希望他们不要再随便把两个词拼成一个）。这个东西是……等一下，宣传册在哪儿？它是"心灵制动建筑科技的创新，一种无固定形态的柔韧建筑材料，可以通过聚焦精神输入进行初始化设置。此后它能在经年之间不断改变形状，从而适应靠近它的人的需求和想法"。这就是以浮夸的方式告诉你，你可以通过自己的想法让它改变形状。一个可以依据住户需求调整结构的房子，听上去肯定不会出问题，对吧？我对新威尼斯的第一起家庭争吵拭目以待，不知道在那之后，新闻里要如何准确地解释——为什么"一个厨房会把住户打成肉酱"的事故，并非梦想集团的法律责任。

愿望凝土也与我有关，也是我愉快地前往各个时间点的威尼斯旅行的原因，我需要感受当地的整体氛围，留意其建筑风格。每天早上我都会和愿望凝土的中枢程序连线，我掌握的知识会被吸收进凝土的主体结构里。当然，梦想集团不知道我的信息是凭借自己对威尼斯的实地勘探获得的，他们只是以为我非常聪明且知识渊博。我也确实如此。如果这本日记落到他们手里，我想指出，在第三十四章十七条中写了，如何进行研究是我自己的事，他们不能因为这个炒了我。

说到这里，到我一小时连线的时间了（要是多于一小时，上传的信息会超过愿望凝土的处理上限）。这是份不错的工作，如果你能申请得上。

二

这真是个有趣的早上。你知道,当我说"有趣"的时候,我的意思其实是:"天哪,这有点让人担心。"

我按照惯例上传信息(对那些哥特拱特别留心),然后去食堂搞点早饭吃。他们的人造肉培根卷非常好吃(那可是零罪恶感的美味猪肉),而那些咖啡浓郁得足以征服最挑剔的味蕾。我时不时会在餐厅和建筑经理格罗丽亚娜聊天,她雷厉风行、牙尖嘴利。我有次见一个色眯眯的钢铁工犯了个大错——他想要在工地酒吧搭讪她,却以哭天抢地告终。她只睨了一眼,那工人就开始跪地求饶。

"今天不是个好日子。"我拿着人造培根和咖啡坐下来时,她说,"我想把今天给毙掉,因为它犯了惹怒我的重罪。"

"怎么了?"我问她。

"分配到东区的一队工人拒绝工作,而工会支持他们的行为——那符合他们合同里'存在明显、切实的危险'这一条。"

"什么危险?"

她直直盯着我（与此同时左手偷了我一块培根，她以为我没注意到，这小滑头），然后说："闹鬼。"

"闹鬼？"

"闹鬼。"

这种事情一般都需要详细解释一番。我敢肯定，格罗丽亚娜嚼完从我这里偷走的培根，就会告诉我。

"这也不是第一次有人说自己看到东西了。"她说，"实际上，大概从上周开始，整个工地都在八卦这事儿——从某个工人看到有个女人在他正在建的住宅卧室里跳舞开始。"

"他怎么知道她是个鬼？"

"他们还没铺地板呢。"

"挺厉害啊。"

"是呀！他立刻跑出来叫所有人去看，当然，等他们过来，那里什么都没有了。"她喝了一口我的咖啡，"这家伙有酗酒前科，所以一开始没人当真。之后他却终止合同收拾走人了——他太害怕，不敢再回房子里。后来人们逐渐有点儿相信他的话了。"

我敢打赌，他们当然会相信。毕竟，为了防止商业间谍，任何在合同到期前离开工地的工人，都必须接受强制记忆清除。你不仅会丢掉薪酬，还会丢掉几个月的记忆。这不是一时兴起的玩笑。我也这么和格罗丽亚娜说了。

"据一个和他关系不错的家伙说，记忆清除是他决定离开的原因之一，他说他等不及想要忘记自己看到的东西。"

"一个跳舞的女人？听上去没什么好怕的。"

格罗丽亚娜点了点头，"但这显然发生了不止一次，他一直都能看到她。他没怎么谈论这事，因为他知道人们不会相信他。而据他那个朋友说，自从第一次看见之后，她就会出现在任何他在的地方。在他睡觉时出现在他卧室里，在马路中间，在该死的淋浴间里……他说她就是不放过他。"

"我们知不知道，他离开后还有没有见过她？"

她摇摇头，"公司规定，离职后不得再联络。现在，他甚至不知道自己曾经为梦想集团工作过，所以集团人员也不会冒着破坏公司规定的风险去找他谈话。"

在她偷喝完所有咖啡之前，我拿起杯子一饮而尽，"好吧，这只是一个人，其余的怎么说？"

"接下来，就有些诡异了，你知道故事一般都是怎么发展的。在第一个人离开后，整件事就从一个笑话变成了人们认真对待的事。仅仅二十四小时后，就没人再承认他们取笑过这件事——它变成了事实：新威尼斯闹鬼了。问题在于，他们可能是对的。"

以下是她告诉我的内容。（我可没时间把这些对话都记下来，我只是在复述。如果我能把她说的话逐字逐句记下来，那我的记忆一定超级棒，我也用不着记日记了。）

在之前出现跳舞女人的房间隔壁，一群小孩穿墙跑来跑去。

整个工程队都看到了,他们扔下工具,拔腿就跑,仿佛再不跑他们的灵魂就没了(不用多说,他们直接跑到了工地酒吧里)。

还有一个老妇,坐在没通下水的浴缸里打针线。看到她的那个工人胆子比较大,他靠近她,想要碰碰她,结果她直接把钩针捅进了他的胳膊里,然后尖声大笑起来。等他奔到医疗站时,钩针早就不见踪影——它在半路就消失了。但那个伤口是真的,而且血流如注。医生说伤口是心理因素造成的,而胳膊淌着血的工人说他不在乎是什么造成的,只要快点给他缝好就行。

这让闹鬼事件的严重程度大幅上升。毕竟,看到诡异的东西是一回事,被刺伤就是另一回事了。东区的工人聚在一起,一致声明:没人愿意在可能会有死去的女人攻击他们的工地上工作。

格罗丽亚娜进退两难。梦想集团要求她让工程队恢复工作,而工会坚持表示,除非采取实际行动来保障工地安全,否则他们不会继续工作。但是,要怎么让工地免遭鬼魂威胁呢?这显然也是多切蒂正在思考的问题。我在回房间的路上和他擦肩而过,听到他正在打电话。

"用高速穿梭艇运一个牧师过来要多少钱?"他对着卫星电话大喊,"什么样的牧师?我怎么知道!便宜的!"

事情开始有趣起来了。

三

我的下午过得糟糕透顶。我在1846年躲避一个好色烘焙师的追求。我们都有过这种经历吧？永远不要称赞一个男人做的佛卡夏面包好吃，除非你相当肯定，他在过去五年间没有一直单身。最后，我的裤子上沾满面粉，要是把它扔进烤箱，可以直接烤一个腿状的派出来。

不过，至少这让我有机会离开工地一阵子。从我上次写日记到现在，情况越来越糟。

多切蒂找了位牧师，后者看上去有些迷糊，他自称是"宇宙联合信仰联盟"的代表。他在东区转了一个早上，嘴里念念有词，还在一些砖墙上浇了些"神圣"之水。那东西味道刺鼻，闻上去像是能让人不省人事的塑料瓶装劣酒。接着他就开了收费单。

"这里已经干净了。"他宣布道。就在他要往墙上盖章时，一个梦想集团的工作人员阻止了他。

尽管这一切看起来匪夷所思，但工会还是同意恢复工作了（当然，他们还获得了额外百分之零点五的涨薪）。工程恢复几天后，工人们再次撒手不干。因为又有人被攻击了，而且这次的事比往胳膊里扎钩针要严重得多。

贾拉德·查德威克，一位驻工地建筑师，事发时正在检查一处水下台地的倾角，这些台地意在为水生种族提供住所。据克莱普奇——正在附近工作的弗莱克塔里安海洋生物学家（他们想用基因拼切的方式将锦鲤变成为访客售卖饮料的小贩……我知道这听上去有多荒唐）描述，贾拉德是被一个戴着"某种诡异面具"的身影袭击的。在克莱普奇凭借记忆画出速写后，聪明如我的人一眼就能看出，攻击者扮的是意大利即兴喜剧表演中阿莱基诺滑稽演员的样子。如果你不像我这么聪明又有品位的话，也许会称其为"丑角"。不过你应该是聪明又有品位的，因为只有我自己有权阅读这本日记。

那个身影自一丛装饰海草后面出现，迅速掐死了建筑师。当人们问克莱普奇为什么不去帮忙时，后者说他们这个种族打从心底不希望与二元性别种族的身体接触，如果自己去帮忙，就会与几个世纪的文化积淀相悖。真是谢谢你啊，克莱普奇，我敢肯定死者（还有他悲伤的家人）都会理解你的。

我知道这话听上去有些尖酸，但我只是非常愤怒。以后有机会，我会试着对一位弗莱克塔里安人说点好听的话，但现在不行。现在我非常生气。

几个心惊胆战的工人是一回事，但人员死亡又是另一回事了。

我决定和多切蒂谈谈，看看他究竟打算怎么处理这件事。

"把你该死的手从我身上拿开，女人！"这是他权衡后的回答。我确实是火力全开地去找他的，你也知道我的性格如何。

"建筑工地上发生事故没什么稀奇的。"在我向他道歉，并保证承担修复他马尾辫植发的全部费用后，他强调道，"我们不能因为一个不幸的事故就叫停整个工程。"

我不知道我有什么好惊讶的。距盛大的开幕式只有短短两周了，推迟开幕会给梦想集团造成巨大的损失——那串数字后面的零实在太多，让我觉得普通有知觉的生物几乎无法坚持写完所有数字。工程每拖延一天对他们的财务来说都是灾难。这其中涉及的钱财数目太大，给人的感觉都不再真实，好比那只是理论经济。但它对梦想集团和多切蒂这样的人来说意义重大。实际上，这是对他们来说唯一有意义的东西。和他们争执与此相关的事情，跟对狂风发脾气没有区别。

我觉得，工人们也不会异议，估计再过一个下午，他们就会回到岗位上。

四

我又和格罗丽亚娜聊了聊。她看起来似乎已经忘了睡眠到底是什么了。

如我所料,梦想集团用钱作为和工会谈判的砝码。工人们的合同上都包括了不按时完工的违约金,工会想要申请从轻处理,但是此前并没有"鬼魂造成工地问题"的判决先例,所以这对他们的谈判没有什么帮助。梦想集团早把完工日期定死,不过他们退了一步,保证按时完工会有巨额奖金,也就是说——"不,你们没有更多时间。但是如果你们别再嚷嚷、继续工作,我们会付很大一笔额外奖励。"

工会接受了,钱在任何时候都能使鬼推磨。工人们需要薪酬,而且这笔奖金足够丰厚,即使喊声最大的抱怨者这会儿也在挥着锤子工作,仿佛这是生死攸关的问题。

希望它不是。

五

格罗丽亚娜喝得醉醺醺地出现在我的公寓里。通常来说,我挺喜欢这种有意思的事情,但此时我正在竭力搓洗头上的一桶猪内脏,所以并没有什么心情招待客人。那些猪内脏纯属意外,那位屠夫一直在向我道歉……我觉得应该是这样。但是,他头上罩着一个桶,我也很难听清他究竟在说什么。

我把格罗丽亚娜留在客厅里,任由她用咖啡淹没自己,而我努力从刘海上扯着一块猪肺。等我终于收拾干净可以会客时,她早已在沙发后面昏睡过去,我给她留了张字条说我等下就回来,然后赶去做我那一小时信息上传的工作。

我有告诉过你信息上传吗?哦,我为什么要问你?你只是本日记!

——由一位天才撰写的超棒的日记。

信息上传的事是这样的:中央程序中心位于新威尼斯下面一间小得令人震惊的房间。其实所有维修区都位于地下——有钱人不喜欢看到幕后发生的事情,他们更愿意相信让灯一直亮着的是魔法。这里的负责人叫"薇欧拉",是一位很温柔、有点古怪又很怕生的女性。她有那种长期使用信息网的人特有的不安抖动。对她来说,人应该是论坛页面上的文字、动图传达的表情,而不是未经加工、让她害怕的东西,比如面部表情。在现实生活中,人们的微笑总是露出过多的牙齿。当然,现在她已经习惯了我的存在,我去的时候她不太会躲在上传阵列后面,我们偶尔还会有眼神接触。

我接受了手术植入的光缆接口,这个要求一开始吓了我一大跳,于是我在报价上又加了三位数,结果最后发现这其实没什么大不了的。神经光缆非常纤细,这些接口就像脑后多了一排高科技粉刺。我可能会考虑留下它们,毕竟人机互动装置可不便宜,他们免费给我装上,算我赚到了。

时间旅行的另一个优势是,除非你自己愿意,否则你的设备永远不会过时。如果我必须在一个线性时间宇宙里生活,那么再过六个月,科技发展就会让这些植入物落后得像在我小脑后装了台留声机。但我不受线性时间约束,我可以肆意享受技术领先的这一刻,要多久就多久。

薇欧拉尴尬紧张地笑了一下,然后为我接上缆线,给了我一杯饮料,说它可以增加我体内的电解质,那玩意儿喝起来特别咸,还很恶心。在有了额外的刺激之后,突触的连接效果会更好,上传速度也会大幅提高。之后的半个小时里,我的头发会无拘无束地自行起舞,无论我触碰什么都会有静电。

接上缆线后,薇欧拉转动开关,我的大脑和愿望凝土之间的连接随之打开。那感觉就像突然被沉重的醉酒感笼罩,却没能享受喝果味酒的美好时光;也像被锁子甲制成的被子砰的一声砸在脸上。

小区开放后,愿望凝土会直接和住户们互动,他们不需要像我这样紧密接触,但是他们得到的回复也会更加模糊。它只会对特别强烈的情感有回应,而且不是那种(他们希望有的)深切而充满戏剧性的回应。当我想到威尼斯时,那些想法会通过植入装置上传,威尼斯的灵魂会充斥愿望凝土的每个角落,就像刻在美好的石头上的海滨城市的名字。不仅是建筑,不仅是塑造拱与庭院的冰冷又美丽的数学,还有那个地方的感觉,每条街道、每块经水流拍打的砖块的意向。新威尼斯会继承它母亲的精华。

这就是为什么每次在信息上传时,我一方面会关注那些细节——每栋房屋、每条街道,另一方面则会试着沉浸在威尼斯的城市氛围里。我想要告诉愿望凝土,真的置身其间是何种感觉。你也许觉得,如此细微的区别是这一新科技无法把握的,但是当我在新建成的走道上漫步,或者在没有污染的运河里航行时,感觉这一切复制得不算糟,实际上,我甚至可以说,它们做得挺不错的。

只有两个原因会阻止我在新威尼斯建成后搬进来:一,我买不起这里的房子;二,我讨厌和那些买得起的人一同待在这里。

整个信息上传流程简单无痛,唯一的副作用是一种仿佛身处梦境的感觉。那是一种脱离现实的感觉,它和静电持续的时间一样久。我会晃晃悠悠地走回去,每一步都像踩在云朵上。

上传结束后,薇欧拉会给我一片生理盐水湿巾擦净接口。然后她会给我另一杯饮料,这杯甜得我牙都要掉了。它喝上去也很恶心,但那种宿醉感能瞬间解除,所以今天我特地多拿了一瓶带回去给格罗丽亚娜,她肯定会爱死我的。

事情也的确如此。她艰难地吞完一整杯后,几乎恢复了人样。我也不用再担心我的地毯了。

"过了个愉快的早上吗?"我问她。

"已经是早上了?"

头天晚上发生了最糟糕的事故,闹鬼事件已经从东区传播开去——一支工程队本来在修建圣马可广场,他们用愿望凝土来还原路灯原本的沧桑感。其中一位机械操控员刚放出电动鸽子,让它们飞到屋顶上,它们突然攻击了他。后经检查,这是软件故障,并非什么诡异的原因,但这对这位操控员来说毫无慰藉。他被鸽子扯成鸟喙大小的碎块,洒落在大运河里。

工程队的其他人陷入了恐慌。然而,就在那时,在那一片混乱中,更严重的灾难接踵而至——广场被淹没了。水流不知从哪里涌进广场,将整个工程队卷进浪里。格罗丽亚娜幸存下来的唯一原因是,她那时正悬在一根灯柱上,想要修理故障的气体重复喷射装置。她挂在那里紧紧抱着铁柱，像熊抱住树干一样，眼睁睁看着脏水将她的手下从广场的一边冲到另一边。他们中的很多人想要游到安全地带，但是浪头太强，他们只能随水飘荡，丝毫无计可施。

整个事故持续了四分钟，然后，水流匪夷所思地消失了，就像它出现时那样。广场上完全是干燥的，唯一残存的洪涝迹象是三十二具建筑工人的尸体，它们浮木般散落在石质地面上，全身浮肿却不带水迹，脸上还留着震惊的表情。有些尸体卡在栏杆或者窗户里，有些被卷进了运河，它们脸朝下浮在那位机械操控员散落的残骸里，随着水下波浪制造机漾起的波浪上下沉浮。

水路工程队发誓这次事故和他们无关（在水流消失后，所有东西都干巴巴的——这一点可以为他们作证）。梦想集团拒绝接受他们的保证，因为，如果不是他们，另一个解释就是，整个工程队是被水鬼给淹死的，工会也无法接受这骇人的提法。人的理性就是这么滑稽，大家可以接受疯疯癫癫打针线的鬼，却无法接受洪涝鬼，好像规模大小能体现它们本质的区别似的。

我不是说这是某种传统意义上的鬼。我很理性，更见识过宇宙里太多稀奇古怪的事物，自信可以兵来将挡、水来土掩。无论现在发生的事是怎么回事（说实话，把线索拼凑在一起并不难），都需要正面对待，而非逃避。当然，只是没人愿意打头罢了。

除了我。

六

"你需要关停愿望凝土。"

多切蒂用看疯子般的眼神看着我。实际上,他大概是觉得我"更"疯了,因为我保证,他早就觉得我是个疯子了。

"愿望凝土不可能随便关停,宋教授,它的心灵激活属性是其基本构架,也是最吸引新威尼斯未来住户的一大特色,他们为这个功能付了一大笔钱。所以,告诉我吧,我为什么要把它变成非常普通的混凝土?"

"因为,它显然在杀人。"

我不敢相信自己居然还要向他解释这一点。

"'显然'……是个非常有趣的词。"

"人们看见那些东西……"我说,"在他们周围凭空出现,这些幻象造成了心因性的创伤和死亡,那么这到底是怎么回事呢?我们在一个充满心灵激活物质的建筑工地里,而我们也知道这些物质可以根据他人的精神输入改变周围环境。"

"你真的以为,人们会因自己的想象而死?"他问,"这怎么说得通?"

"人们并非只会想象好的东西,你知道的吧。"我回答,"相信我,我这会儿正看着你,想象着某些你会遭遇的事情,某些无论如何都算不上'好'的事。"

他看起来想要说些他日后会为之后悔的话,我可怜他,所以打断他继续讲了下去:"假设,第一起事件其实是个意外。那个看到女人跳舞的人,也许是他自己产生了幻觉,也许他就是喝醉了。然而,他告诉别人这件事后,故事传开,这个想法随之滋生。人们开始觉得这个地方确实闹鬼,他们也看到了'鬼'。愿望凝土把他们的想法变成了现实——它吸收这个想法,调整了新威尼斯。它尽到了自己的本职义务。

"然后,有人开始想:这些'鬼魂'是不是真的可以伤害他们。结果这个想法产生后没多久,也变成了现实。这时候,另一个人想:等等,如果它可以伤人,也许还可以杀人。然后,它就可以了。愿望凝土不断反映着所有在场者的想法。你创造了可以回应精神刺激的物质,但是它没有能力区分想法的好坏;你开始相信糟糕的事情会发生,它则乐于让你的想法成真。"

我留了个空档让他插话,以示我的诚意。

"所以,你是说,之所以发生这些事故,是因为工程队想象出了它们?这根本说不通。你觉得,有人想象了'广场会被洪涝淹没',所以它就淹了?"

"这个广场经常被淹啊。"我解释道——尽管那些事件通常没这么夸张,不过他和当时在场的工人并不特别了解历史。"只要有一个人产生这样的想法。'想象一下,'他们想,'如果我们站在这里,而整个地方都被淹了,会是怎样的场景?'这个想法产生的那一刻……"

"一派胡言。"他说。

这也证明这场对话真的毫无意义。

七

今天我把自己的推论告诉了格罗丽亚娜。不像多切蒂,她没有反驳我。她当然不会,毕竟她的大脑能够正常运转。

不过,这也没什么意义了。广场的"事故"还是归咎于水路工程队,他们的领队被开除,工程仿佛没事般继续推进。距新威尼斯开张还有五天,梦想集团不打算让那些恼人的事——比如一个潜在的灾难性设计失误——挡住财路。

多切蒂简明扼要地给了我两个选择:

一,就此离开,因合同违约接受罚款。(说得好像我很在乎似的。我和有的人不一样,不会铁石心肠到用无辜的生命换取自己银行存款的数额。)而且,我也得按照合同接受记忆清除,这也就意味着我不会记得任何发生过的事。项目将在没有我参与的情况下继续推进。

二,我保留自己现有的工作,但什么都不能说(否则我就会被开除,参见选项一)。

我还有什么选择的余地?如果我离开这里——无论是否自

愿——都无法拯救任何生命。这里的可怕事件会成为我以后在新闻里读到的东西,而我不会知道自己曾经可能帮得上忙。

如果我留下,假装收敛,可能还可以做点什么。

但也只是可能。

有时候,我真讨厌自己的生活。

八

距盛大的开幕只剩两天。服装设计组上门拜访,他们测量了我的身体尺寸,要为我订制一件礼服裙。我建议他们用松木和黄铜柄来做这条裙子,但是他们不觉得这句话好笑。

梦想集团的整个活动项目组时刻待命,他们负责重现盛大的威尼斯嘉年华,还要准备变装服、游行、假面舞会、烟火表演等等——就是那些深受人们喜爱的东西。

所有住宅都已销售一空。在开幕前,业主们将陆续乘船抵达。梦想集团本想拦住他们,直到开幕正式开始。但即使是他们也无法和顾客争辩,毕竟那些人完全有能力买下集团的所有股份,使其化为乌有。所以,有些人已经搬了进来。

今早,我看到一艘极其浮夸的快艇在运河里上下穿行,一个小孩驾驶着它,随着每道波浪开心地大叫。我忽然发现自己在想:如果她飞得太高,脑袋撞上其中一座矮桥,之后会怎样?我立刻打住,因为,如果我的推理是对的——我知道我肯定是对的——那么,我可能会让这个事故发生。只需要一个念想,一座桥就很可能在我眼前下沉，撞到她的脑袋。

　　一对来自罗曼纳迪星的伴侣搬进了离我公寓不远的地方，我现在就可以看见他们。其中一位站在阳台上欣赏景色，他的爱人在屋里和调酒机斗嘴，似乎是因为伏特加不够冰。可怜的小家伙。

　　在对他们产生任何刻薄想法前，我赶紧把窗户关上了。

　　两天，还有两天，这里就将人满为患。

　　我觉得，对截止日期的恐惧，反而让工人们精神集中了。他们全神贯注于奖金，只希望一切顺利进行，别再出岔子，别再耽误进度，快快完成一项利落而完美的工程。果然，没有再出事，积极思想万岁！然而，一旦所有人都到了这里，情况就会改变。他们如此专一的注意力会被分散，谁知道接下来会发生什么？这不会是什么好事，除非我能想办法制止它。但是，此刻，我做不到。

九

格罗丽亚娜离开了。她和多切蒂大吵一架的当晚就被送走了。她无法袖手旁观,任事态恶化,于是大闹了一场。此时此刻,她的记忆已被清除,应该正躺在某个医疗中心里,琢磨自己在过去六个月里到底干了什么。她并非不可替代的。

我知道多切蒂想把我留下,他可以在富有的客户面前大肆吹嘘我的种种——我是梦想集团重金聘请、备受推崇(嘘)的专家,保障所有细节精致到位。我就像镀金的水龙头或者特别令人目眩神迷的喷泉一样可供他炫耀。实际上,他还想让我在开幕庆典上发表演讲,我告诉他不要得寸进尺。格罗丽亚娜只是普通雇员,炒她还为他们省了钱。他肯定是笑着这么做的,这可恶的癞蛤蟆。

我已经看过我的合同,从这个地方开张的那一刻起,那些麻烦的条款就完全失效了。我与梦想集团之间的协议在大门正式开启的那一刻起就即时解除了。在那之后,他们不能炒掉我,不能清除我的记忆,不能以任何方式威胁我。我想怎么做都行。

还有一天了。

十

　　说说开幕庆典吧。

　　让我先叹口气……

　　首先,我得说明,没有人死。不过今天还长,所以这时还不能松口气。我正在十九世纪的佛罗伦萨歇息,因为我必须从开幕式里溜走一阵子。这是时间旅行的另一个好处——当你需要一些个人空间时,可以放下香槟,出去逛上五年,然后在酒还没有彻底变成常温前回去。

　　如果你从来没有看过费里尼的电影,我猜这开幕式还挺令人震撼。运河里漂浮着巨大、花哨、奇形怪状的东西,比如设计成鱼形、鳃里不时喷出烟火的驳船。坐在船里的是还没搬进来的住户,这些船把他们从太空港送到主岛上。驳船停在里亚尔托桥旁,水中游动着大群机械鱼,住户可以踩着它们铺着柔软地毯的背,走到陆地上。来到地面之后,这些获得尊贵礼遇的住户会收到欢迎礼包(其中包括——我不骗你——一艘赠送的小艇)、狂欢节的服饰以及房子的钥匙。他们在陆地上待了不到五分钟,就又回到运河里,乘坐贡多拉船游览整座城市。

尽管我表示拒绝,但多切蒂还是明确告诉我,我要和一对上了年纪的夫妻一起游览,他们点名要见我。距新威尼斯正式开门还有一个小时,所以我没有选择,只能爬进船里,然后挂上自己最无懈可击的假笑。

我始终没有搞清楚为什么这对夫妻要见我,他们没有问关于我的任何事情。他们在普伦蒂斯星系团开采盐矿、发家致富,只要一有机会,他们就会聊起这个。

"人们永远都需要盐。"那位妻子边说边调整脸上假美人痣的位置,把它从这边脸颊移到那边,"就像第一次见面时我告诉亲爱的鲁多维奇的那样。"

亲爱的鲁多维奇不怎么说话,他只是盯着我的胸口,同时竭力扯住马裤,唯恐它上滑后露出他做过手术的膝盖。我觉得亲爱的鲁多维奇生活在对妻子的畏惧中,他能不怕吗?

"我猜,这地方勉强能让人接受吧。"她的目光从化妆镜前离开了几秒,"我只希望这里安保到位。"

我也希望,我内心默想。"太空港的安保措施非常严格,"我保证道,"银行存款不够的人,甚至无法降落在这里。"

"做得很对。"她又往脸上抹了一层粉底,"人们无法理解我们有多痛苦。有钱真的是很大的负担,每个人都想从你那里搞到点儿什么。亲爱的鲁多维奇经常被人围住。人们讨厌有钱人,你懂的吧？这个宇宙憎恨成功，穷人总是想方设法要搞垮我们。随便找个有钱人问问吧，事情总是这样。"

我看了看手表，距我可以自由发言还有四十五分钟。

"这一定很糟。"我说。

"没错，"她点点头，"我只希望我们终于找到了可以放松的地方。"

我无言以对。

贡多拉之行结束后，所有人都聚集在圣马可广场（所有员工都很努力地假装这个地方没在几天前死掉三十多个人）。烟火相继点燃，香槟砰砰打开，在一段冗长到考验了所有在场者耐性的演讲后，多切蒂正式宣布——新威尼斯开张了。

我立刻逃走了。我不再受到合同约束，也必须好好思考一下。

贡多拉船上那位老年女富翁说的话一直在我脑海中回响，我意识到，有钱人都认为："穷人总是想方设法要搞垮我们。"

她不该在新威尼斯里有这个想法，因为她迟早会发现，这一想法会成为现实。

十一

一切比我想的还快。

我回到新威尼斯的时间大约是五分钟后，尖叫已经传开了。

他们将开幕式设计为狂欢节的起点。街道上早已布置好巡游队伍，新住户可以加入其中，跟随队伍在城市中穿行，最后回到广场。届时，广场上会备好大型宴会，还有糟糕的克罗科仙歌剧作为饭后甜点。

可是他们没能按计划进行到那一步。

巡游队伍到达广场，那位弗莱克塔里安海洋生物学家一眼认出了领头的滑稽演员。虽然弗莱克塔里安人不太喜欢和二元性别生物相处，但这家伙还是在人群中享受着一瓶法国白兰地带来的美妙时光。

活动负责人是一个拥有美妙高音的八足生物，她不断重复"普天同庆"这个词，似乎这样能让它变得更酷。此时她十分困惑，因为她并没有为游行队伍安排这么多狂欢群众，她只要了几位机器人表演者，用来调动现场气氛。她看着拥进广场的无边无际的人群，举着旗帜、沿着鹅卵石道路手舞足蹈的人群，说："这实在不是很普天同庆。"

然后，流血事件就开始了。

首先倒下的是来自阿尔可法的年轻男子，有人告诉我，他是他们星系里著名的流行歌星。他演唱了许多金曲，比如《女孩，你正握着我的伪足》和《我们应该下点蛋》。也许他受到仪仗队的音乐感染，便跳进了游行队伍里，和一位戴着羽毛头饰、身着层层真丝服饰的女性跳起了热舞。然后她咬掉了他的头。

接着，来了三个戴着传统瘟疫医生面具、身穿黑色长袍的人。等他们检查完那些心不甘情不愿的病人的内脏，长长的陶瓷喙上已经沾满了鲜血。

当一大群鸽子（不是梦想集团检修过的那些，而是愿望凝土创造的幻想版）扑向人群时，后者四散奔逃。有些人想要逃回船上，但水流早已倒戈——巨大的浪花将人们从船上卷走，或者把他们抛起来扔向空中。有些人想要逃进新威尼斯城市深处，他们穿过广场周围的小巷，绝望地想要甩开那些嗜血的狂欢群众，后者也分头行动，追在他们后面。

而我呢？我悬在总督府的一个阳台上，对着通信器急切地大喊："格罗丽亚娜！我们现在就需要你！"

好的，也许我们需要倒回去解释一下。

在回到新威尼斯前，我找到了格罗丽亚娜。那不是什么难事，毕竟她正四处寻觅工作,她的简历遍布从地球到银河中心所有职业介绍所的宣传栏。我给她提供了一份工作。

"司机?"她说,"我不是司机。我是一位建筑工地经理。"

"我知道,"我向她保证,"但我不会亏待你的。"

她在新威尼斯工作了那么久,总该获得一些回报。

我租了一艘巨大的迁徙飞船。你知道的,就是那种用来迁移殖民地的船,它和小型卫星差不多大,配备了短途传送科技。有时飞船无法降落在星球表面,因为那会把地表压垮,那时这种技术就非常有用了。

数平方英里气流扰动的声音让我知道,她已经将船开到我们头顶的大气层了。你可以想象,我松了多大一口气。

"瑞雯?"她的声音通过通信器传来,"要我开始传送人了不?"

"锁定所有生命体征,然后开始传送吧。"

"这就开始。你知道我无法一次传送所有人的吧?"

哪怕是迁徙飞船,也有它的局限性。

"知道。尽快把大家都弄上去就行。"

到处都是传送声,人们被传送到位于对流层的安全之所。此时我爬进总督府里,思考着如何在保住性命的前提下去我必须去的地方。

然而,我发现,现在连房子都心怀不轨。

在我跑向一楼时，总督府的墙壁向外伸出，想要抓住我。巨大的砖石拳头想把我砸成大理石和古老石材上的一团肉泥。我一边飞快地移动，躲避着来自装饰物和家具毫不停歇的攻击，一边真心后悔，怎么就穿了这条极其浮夸的新礼服裙？

我跑到了叹息桥上。据说这座桥的名字是这么来的——犯人们被押送着走过这座桥，在被关进桥对面的监狱前，最后看一眼自由世界，此时，他们会发出一声叹息。

在我跑过它之后，我为它重新命了名。在它获得启用的短暂时间里，它变成了"充满创意的人身攻击咒骂之桥"。

这桥大概不太赞同我的命名，它想弄断自己，从而杀了我。不过，如你所知，我已经开始养成跳进那条该死的运河里的习惯了。看起来，愿望凝土的处理能力也是有限的，我成功地在任何东西杀掉我前游到了岸上。

通往维修区的电梯位于一座水上巴士站里，想到达那里，我必须穿过一群戴着面具的狂欢群众。他们戴着宽喙的威尼斯面具，当那些戴着三角帽的脑袋转向我时，粗肥的镀金鼻子随之抽动。

向这些愿望凝土塑造出的东西射击，估计没什么用，毕竟对方不是血肉之躯。但我还是把枪的档位调到最大，希望这至少可以打散他们，让我得以从中间穿过。

我跑过去时，在他们身上打出了好些大洞，不过，就算我把那些身体打穿，破碎的胳膊也随即液化，想要抓住我。其中一只胳膊抓到了我后背的裙子，我成功地把它从手肘那里打断，不过这一枪也给我理了一个糟糕的发型。

我终于到了水上巴士站，一边在电梯上输入通行码，一边不停打掉想爬过来抓住我的手。我确实一直和那些不太安分的手过不去。

电梯到了。至少现在，我不会再靠近任何愿望凝土了。维修区由传统材料建成，毕竟愿望凝土很贵（看看这价值！），所以这里用普通材料就行了。

到达地下时，我果然先碰到了多切蒂。

"宋教授！看到你一切安好，真是让我长出一口气！"他竟然让这句话听起来带上了点儿诚意，但我没什么兴趣。我们头顶上正在发生的屠杀的大部分责任，都在他身上。

"我想看看，我在这里是否帮得上什么忙。"他说。接着他就意识到，这借口完全不足以支持他的谎言。他在这里无法做任何事，因为他不像我，他不具备完成必须要做的事情的能力。

"你真热心啊，"我们往愿望凝土中央程序中心走时，我说，"如果你愿意，可以帮助我。"

"你有计划吗？"

"哦，是的，但首先，我们必须达成一项共识。"

即使他惊魂未定，一听到这句，他的眼睛还是眯了起来。你可以用任何种类的恐怖的死法来威胁这个人，但如果用一根手指戳戳他的钱包,他会让你见识真正的恐怖。

"我雇了人,把尽可能多的人——包括我们——转移到安全地带。"

"好极了。"

"我可花了一大笔钱。给你个机会接受功劳并承担费用如何?"

"要花多少?"

我告诉了他。他的脸一下子白了,我毫不意外,因为我把实际的花销翻了个倍。这样的话,我和格罗丽亚娜都能拿到可观的收入。

"我必须想一想。"他的头上开始冒出冷汗。

"只怕没时间给你想了。现在事情是这样:今天之后,梦想集团可能会破产,想象一下吧,有多少人会在接下来一小时内提出诉讼。但是,如果你能说服所有人,这个'将大家转移到安全地带,并处理愿望凝土'的计划是你的,而且你早有准备,那即使梦想集团完蛋,你在这场事故后也能保住自己的职业生涯。想想看吧,你可以说,不少有钱人是因为你能随机应变才活下来的。"

他想了一会儿,然后点点头,"我要做些什么?"

我把银行账号给他,看着他在腕式电脑上转账。等他转完账后,我让他待会儿坐到角落里去,不要碍我的事。这真的是我唯一能想到的他能做的有用的事情。

我们到了中央程序中心,薇欧拉正在发火。

"整个阵列都要瘫痪了!"她说,"我不知道如何让它停下来。"

"把我接进去,"我告诉她,"我来看看能做些什么。"

之前,我描述过接入愿望凝土那一瞬间的强烈感觉,而这次完全不同。虽然愿望凝土没有感知能力,但是它可以在有限范围内进行思考。对它程序的冲击,能让它患上科技版的"精神崩溃"。它收到了太多互相矛盾的感情输入——即使人们处于恐慌之中,也会希望自己能安全逃走。这就是矛盾所在。因为,不幸的是,大多数人都偏向于负面想法。不管他们看着眼前惨绝人寰的景象有多么迫切地希望自己能活下来,最终压倒一切的想法还是"他们不会活下去""我也许会死在这里"。他们会这么想。这真的就是人们对半杯水的看法的演绎版本。而如此一来,矛盾就解决了,最强的心声一经确定,愿望凝土就会满足他们的愿望。它会杀了他们,正如他们相信的那样。

但是,这么多思想,这么多声音,愿望凝土心有余而力不足。

所以,走运的是,攻击还是一对一的模式,这给了我们时间。说到这里……

"格罗丽亚娜?"我的思绪暂时从愿望凝土那里脱离,我打开通信器,问,"情况怎么样了?"

"再过几分钟,我就可以救出所有人了。"她说。

几分钟……两分钟就可以死很多人。

"好的。我要你暂时别传送我周围的这些生命体征。"

"什么?"多切蒂不太喜欢他听到的东西。

"等我先完成必须做的事情。"我告诉他,"我们会没事的,它没法杀到下面来害死我们。"

"这只是你的一厢情愿而已。"薇欧拉边说,边把通往维修层入口的实时安保画面点给我们看——电梯打开,一些愿望凝土流进去,穿过电梯井,在到达地下走廊后,重新凝聚成狂欢群众的样子。我看着监控时,这群人的领袖——那位滑稽演员,抬头看向了监控摄像头。他用默剧的方式行了个礼,然后伸长胳膊,将摄像头从墙上拧了下去。监控随即断开。

"我们现在就得走!"多切蒂叫道,"他们还有几分钟就要到这里了!"

"我们也就只需要几分钟。"我向他保证,"我需要继续接入愿望凝土。"

我闭上眼睛,将自己的思想和愿望凝土连接起来。我是它的主要信息来源,我对它强调道。我是伟大的设计师,是赋予它形状的人。

我能感受到它的抗拒,它无法将自己从地上那些尖叫着的受害人那里分离,哪怕格罗丽亚娜在帮助这些人不断离开。也许它不愿意,也许它比我想的更有感知力。也许它只是乐在其中。

"听我说！"我坚持道，"你的首要原则是维持准确性，这是你不能打破的一条规定。"到目前为止，它确实还没有。即使在攻击时，它也是以"威尼斯历史上的样子"在攻击，它还保持着角色准确性。"关于威尼斯，你还需要知道一件事，你还要做一件事，来保持你的准确性……"

它开始集中注意力了。我猜，格罗丽亚娜大概已经把所有地上的人都转移到安全地带了。现在，我的声音清晰起来。远处（至少感觉像是远处，但实际上也就是几米开外）传来敲打通向中央程序室大门的声音。狂欢人群到了。我没时间了。

"就按我告诉你的去做！"我强调道。在我将自己拉回现实世界和慌乱叫声里之前，那是我留给它的最终指令。

"我们被困住了！"多切蒂尖叫起来。他的背抵在门上，门在他身后弯曲变形。

"格罗丽亚娜？"我冲着通信器大喊，"都搞定了吗？"

"所有人都出来了，除了你们三个。"她回答，"要我把你们传送上来了吗？"

"再给我两秒。"我告诉她，然后朝薇欧拉挥手，让她断开我和阵列的连接。我绝对不要带着脑袋上的一团缆线传送上去。

"快点！"多切蒂嚷嚷着。他身后的门被猛地推开，冲击力让他跌进房间里。门户大开的门厅里，滑稽演员走了进来。他戴着黑白面具的脑袋左右晃动，戴着白色手套的双手在空中挥舞，仿佛盘旋的白鸽。

"就绪！"薇欧拉说。

"现在传送吧！"我告诉格罗丽亚娜。周围的空气因为传送发出嘶嘶的声音，我们离开新威尼斯，到达了迁徙飞船的舰桥。

"我觉得你更想待在这里，而不是和其他那些人在一起。"格罗丽亚娜说着从控制台前转过来面向我们，"他们可不高兴了。"

"我不会怪他们的。"我说，"能让我看看新威尼斯的实时影像吗？"

她点点头，按了几个按钮。大屏幕上显示，整座城市已被浪头掀翻，汹涌的波涛在古老的建筑旁吞吐着泡沫。

"我的天，"多切蒂看着价值几万亿信用点、历经数月才打造好的项目在他眼前消失殆尽，脸色瞬间变得煞白，"你究竟做了什么？"

"我给了愿望凝土一项最终指令。"我解释道，"我告诉了它，一个之前我没有提到过的重要历史细节——原版威尼斯最后怎么样了。"

"怎么样了？"他无助地摇摇头，无法接受血本无归的现实。

"它沉没了。"我说。然后我转过身去，寻找可以躺下的地方和贩酒机。

《疑神疑鬼》

杰奎琳·雷纳

杰奎琳·雷纳：英国作家，为《神秘博士》的多个衍生系列创作过小说和剧本；曾担任《神秘博士》广播剧的执行制作人，还参与过《神秘博士》杂志和短篇小说选集的编辑工作。

我第一次遇见埃尔维斯，是在二十世纪七十年代。当然，当时他乔装打扮了一番，毕竟，他本不该被人认出来——那样会引发骚乱。不过，我倒是轻而易举地发现了他。我看见他的第一眼，就知道他不是一个普通人，这让我心生好奇。我当时就下定决心，无论用什么办法，一定要和他单独待上一会儿。

我必须等到博物馆晚上关门后才能行动。当最后一位清洁员收起拖把和水桶离开后，我放下自己端着的那盘橙子（没错，我扮成了内尔·格温的蜡像——我们都有一头潇洒的卷发，而且我和紧身束带胸衣与低领口向来相处愉快），走到他所在的区域，抱着胳膊靠在一座艾尔顿·约翰[1]的塑像上，认真看着他。

他回看向我，一个多小时后才眨眼，但那时我就知道，我已经引起他的注意了。

"像你这样优秀的奥顿塑料人，在这里做什么？"我问。

---

1. 生于1947年，英国歌手、曲作者、钢琴演奏者、演员、慈善家。

"啊,我只是在消磨时间。"他浓浓的南方口音在这个年代的伦敦充满极具诱惑力的异乡情调。说实在的,我决定拜访这个年代,只是因为我听说——(至少)三个博士会同时出现在此,我太想看看那会造成怎样惊人的场面了。不过,令我非常失望的是,整个故事基本都发生在一个反物质宇宙里,所以我错过了一切,而且爱发牢骚的老头儿几乎没有出现(到目前为止,我遇到过的他的化身都挺让人喜欢……不过,看起来,他以前真的脾气不好)[1]。如果不是遇到了埃尔维斯,我会觉得这整件事都是个败笔。

我们聊了一整晚。当然,我们不仅聊了天,但聊天的部分也很有趣。自从最近那起巢烃入侵未遂事件后,他在这里"打发时间"已经有一阵子了——而且,世界可真小——我非常熟悉的那位"顶着医生头衔却并非医护人员的人"破坏了这些外星人的阴谋!我们因为这事儿笑了好久。在巢烃意识体离开地球时,埃尔维斯的大部分同伴——亦即奥顿塑料人——都停止了运行,但不知为何,他却保留了自己的感知能力。在我看来,这可能是因为他极想留在这里。他在地球上度过的短暂岁月(从入侵到失败),使他变成了一个彻头彻尾的人类爱好者。不过,不幸的是,他并非逼真的人类副本,无法被当作"一个人",所以他只能待在一个不会

---

[1]. 瑞雯指的应该是1973年《神秘博士》里《三位博士》中的故事。"爱发牢骚的老头儿"即第一任博士。

露馅儿的地方——杜莎夫人蜡像馆。起初，他制订了一个精妙的巢烃计划，打算成为一位没什么名气的政治家，但闭馆之后，他换了好几个模样，最后决定变身为埃尔维斯·普雷斯利[1]。我觉得是那些小亮片吸引了他，而且，人们短时间内应该不会把埃尔维斯融掉。

埃尔维斯喜欢观察不同的人来来往往，不过他显然也对我俩间的互动乐在其中。我自己也玩得很开心，所以没怎么犹豫便同意，时不时回来看看他。虽然我只能做到每十年左右来一次，但我们每次都充分利用了短暂的相处时光。他基本上一直维持着埃尔维斯的模样，不过在八十年代的某段时间里，他试着扮了一回杰森·多诺文[2]。在1977年8月的悲剧[3]后，我们有时会到公共场合去玩儿——当然，我们会在晚上出去，这样能掩盖他的塑料质感——因为没有人会再将他误认为那位摇滚之王。不过，说归这么说，还是有模糊的"埃尔维斯还活着！"的照片在小报里出现，虽然大多数人会认为它们的真实性和帕特森-吉姆林的大脚怪电影一样。可我不会——我知道埃尔维斯确实死了，而大脚怪确实存在，我们还一起玩过几次。她叫杰拉德琳，还说自己被拍到的那天头发乱糟糟的，这让她很不高兴。

---

1. 即猫王，美国著名歌星、演员。
2. 澳大利亚歌星、演员。
3. 指猫王于1977年8月去世。

埃尔维斯和我在八十年代与九十年代间尽兴狂欢了好几次，一切都很顺利，直到二〇几几年。那次，我和一群保加利亚游客一起进入蜡像馆，路过时我朝摇滚之王轻轻挥了挥手，这样他就知道时间预定在今晚了。然后，我换上"贤明女王"[1]带龙骨裙撑的大摆裙（我喜欢扮演历史中著名的卷发人物），静静等待闭馆时间的到来。

然后博士出现了，他戴着红色毡帽和领结，穿着粗呢夹克——有些游客以为他是互动展品，我听到他们在猜他究竟是谁——我可不会放过这个机会，等他走近以后，我凑上前在他耳边轻声招呼道："你好呀，亲爱的！"

他吓得往后蹦出老远，又企图蒙混过关，假装没有失态。他瘦长的四肢相互缠绕，仿佛一只受惊的火烈鸟。然后他看向我，摇晃着纤长的手指，"哦不不不，不不不，这可不是真的。"

"什么不是？"我边问边转了一圈。保加利亚游客开始鼓掌。

"现任妻子扮成了前任妻子[2]。这实在是……"他开始傻笑，于是我狠狠瞪了他一眼。

"这家伙在骚扰你吗？"埃尔维斯大步流星朝我们走来。保加利亚游客们再次鼓掌。博士上下打量着他，然后抽出音速起子，"瑞雯，快跑！"

---

1. 伊丽莎白一世的外号。
2. 博士曾与伊丽莎白一世结婚。详见《神秘博士》五十周年特辑《博士之日》。

"什么？穿着这种裙子怎么跑？"

"这是个奥顿塑料人！我会拖住他，你……你慢慢走开就好。"

我翻了个白眼，然后把手放在埃尔维斯的胳膊上，"博士，这是奥顿塑料人埃尔维斯；奥顿塑料人埃尔维斯，这是博士。大家都是朋友。"

博士看上去震惊极了，"朋友？一个巢烃意识体的塑料大脑喽啰？"

"你叫谁塑料大脑？"

我的两只手分别摁在他俩胸前，在他们举起拳头前把他们推开。"男孩们，男孩们，现在不是争吵的时间，这里也不是合适的地点。"当然，我也没有想到"合适的时间或地点"，我只是想用"老师"的口吻说话罢了。"博士，你在这里做什么？"

他看上去有些不好意思，摆弄起他的领结来。虽然他不会给我答案，但是，要我解读他的面部表情，就像读一本打开的书那么简单。我不想笑，却实在忍不住，我可以感觉到大大的笑容在我脸上绽开。"这是你充门面的办法之一，是不是？你跑进来，看看谁是当红明星，然后就跑去和你没见过的那些见面，这样你就可以在和别人说话时不经意地提起这些耳熟能详的名字。杜莎夫人蜡像馆，其实是你用来自抬身价的名人参考清单。"

他继续摆弄领结。

"埃尔维斯,最新的蜡像是谁?"

奥顿塑料人想了几秒,"几个月前新来了贝克汉姆夫妇,哦,还有皇冠卷纸广告里的小狗儿。"

"去吧,博士。你最好快去找皇冠卷纸小狗儿,带它出去溜一圈。这样所有人都会对你刮目相看。"

"皇冠卷纸小狗儿也比一只……疯狗要好。"

"别这么残忍。"我对他说,"埃尔维斯只是个孤单的人。"

"他是个伪装的恶魔!"

"你真是疑神疑鬼。"

"而你这个铁石心肠的顽固女人,让我心惊!"

我叹了口气,"你马上就要指责我踩到你的蓝色绒鞋[1]了吧?听着,这么说话非常有意思,但也许我们不该在这么大庭广众的地方谈论这事……"

那群保加利亚游客完全被我们吸引住了。就在我们走出展厅时,一对夫妻走上前来,把十列弗的纸币塞进我们手里。一个男人甚至想将一把纸币塞进我的紧身胸衣里,博士把纸币还给他,冷冰冰地说:"物归原主。"

我们在恐怖密室展区里找了一个安静的地方,我把博士拉进一间牢房(不得不承认,这里有点家的感觉),埃尔维斯则坐在

---

1. 《疯狗》《别这么残忍》《孤单的人》《伪装的恶魔》《疑神疑鬼》《铁石心肠》《顽固女人》《心惊》和《蓝色绒鞋》都是猫王的金曲。

不远处的断头台上休息。

"听着,埃尔维斯是个好人。等你和他混熟之后,也会喜欢他的。"

"纵观整个宇宙的历史,这句话出现过多少次?"

我耸耸肩,"不代表这句话说得不对。"

"瑞雯,听我说,离他远一点。"

这句话对我没什么用。博士认识我多久了?(我可不是在反问——我们还没有确定这次见面分别位于我们彼此时间线上的什么位置呢[1]。)但无论我们认识了多久,他在我们第一次见面后就该明白,我和谁有来往还轮不到他管,即使他觉得那是为了我好。

但是……等等!有一条线索能够指明他到底认识我多久了——"你刚才说我是你的妻子!"我惊道。

他的眼睛瞪得溜圆。(我爱他的眼睛,他眼眸的那种绿色是种神秘的颜色。他的眼睛看起来既年轻又沧桑,我可以盯着它们看好几个小时、好几天,甚至好几十年。)"是我冒昧了吗?还有就是——这个问题和这件事完全无关——你是否恰好带着你的日记本?"

我轻声笑了,"没事儿,我想我们的进度是一致的。我的意思是,你说我是你的妻子。所以对我俩而言,这件事都发生过了。"

---

[1]. 在《神秘博士》剧集的设定里,博士和瑞雯的时间线彼此相反,而且这两位都是时间旅行者,所以他们每次相遇的时间点都难以预测。

他松了口气。

我继续说道:"既然如此,你应该很清楚,'好的'奥顿塑料人也是存在的。我父亲就是一个例子。"

"你竟然记得这些?"他问。

"我不确定自己是不是应该记得这些事,[1]"我耸了耸肩,"但反正我就是记得,而你忽视了我的观点。"

"瑞雯,"他说,"仔细听我说。"

"哦?我觉得我只需要马马虎虎听听就好。"我虽然在笑,但心里其实有点生气。我在听他说话时,一直都很认真,真的一直如此。哪怕我并不完全同意自己听到的东西,也不一定会照做,但是他永远都能吸引我的全部注意力。

"我不是要哄你,"他说,"也不是要扮演吃醋的丈夫。但是我知道一些你可能不知道的事情。再过几周,巢烃人就会发动另一场入侵,我对那件事无能为力。我已经采取过行动了,而如果要我干扰自己的计划,我就会很生自己的气。"

"所以呢?"

"所以,你的伙计埃尔维斯会发现,自己又得走上过去的老路。他可能逃得过之前那一两次小的入侵——巢烃人那几次没能得逞,但这次不行。这次入侵的规模很大。他将无法自控,我没

---

1. 详见新版《神秘博士》剧集第五季末《潘多拉开启》《宇宙大爆炸》。

开玩笑,真的,瑞雯,别露出那副表情。他会给你带来危险。至于你父亲罗瑞,他的情况完全不同。首先,他很坚韧;其次,他内心的动力非常强大,那些规则在他身上不适用。但对监狱摇滚先生[1]来说,就不一样了。"

那样的话,和死亡也没什么区别了吧。埃尔维斯还不得不离开蜡像馆。

"我必须告诉他。"我难过地说。

所以,在恐怖密室展区里,在酷刑道具和死亡使者的各种形象的包围下,我告诉埃尔维斯,他的生命即将走到尽头。

塑料脸是不会有表情的——至少我以前一直这么认为。

"嗯,我差不多也猜得到,这事儿早晚会发生的。"他说,"我的巢烃老朋友们认为这个星球相当不错。我之前只是希望自己可以就这么一直躲下去。"

"我不这么觉得。"博士说,他的口气和善了不少,"抱歉。"

"其实有一个办法……"我看了一眼博士,然后看了一眼埃尔维斯,又看回博士,"我们可以……"我注视着博士,"对吗?"

他不需要问我想说什么,"我……确实可以,如果这对你很重要的话。"

埃尔维斯无法介入我们夫妻之间独有的默契,况且他的大脑

---

1. 《监狱摇滚》是猫王的一首金曲。

也确实是用不怎么灵光的塑料做的,他看上去依然毫无头绪。

"博士能带你离开这里,"我解释道,"让你远离控制范围。"

我的奥顿塑料人朋友摇了摇头,"不了,"他说,"我很感激,但这里是我的家。这个时代,这个地方,这颗星球。"

"入侵结束后,我可以带你回来。"博士说。

"然后我就坐着等待下次入侵吗?不。"他挺直猫王一米八的个头,"我不会离开的,但我也不会再变成一台杀人机器。告诉我他们什么时候会来,博士。我会在那之前让自己停止运行。"

"你不能……"我说。

他按照字面意义理解了我的话,"我可以。地下室里有一个古老的大火炉。"

我想象了一下那个场景——他的诸多美好特质就此融化、烟消云散,不由毛骨悚然。

"你还有十四天。"博士说。看得出来,他蠢蠢欲动,想要离开这里。他在面对大场面时镇定自若,但这种小小的情愫会让他无所适从。要他激情洋溢开展一场关于宇宙命运的长篇演讲?完全没有问题!要他面对一个将在两周后融化自己的生物?他连手都不知道该往哪儿放。但我也不会就此罢休。

"那就来一次最后的狂欢吧。"我提议道,"去看看这个世界,在……在一切结束之前。你有没有什么想去的地方?"

他要是说出以下这些地方的话,我完全不会感到惊讶——雅园[1]（理所当然嘛）、拉斯维加斯（万岁）、（蓝色）夏威夷[2]……甚至连布莱克浦的闪亮彩灯也算。但是他没有提这些地方，他的话甚至让我有点困惑，"你听说过'草地'吗？"

"你是说哪片特定的草地吗？"博士问，"卡拉斯·唐·斯拉瓦的烛光草地？格兰特切斯特的草地？切姆斯福德的草地购物中心？"

埃尔维斯摇了摇头，"不，先生。我猜那里就叫'草地'。我听某些游客提起过它。他们说那是地球上最美的地方，但他们也说普通人很难进去。我真想看一看地球上最美的地方啊……只是我猜，这大概不太可能。这毕竟太难了，你看，我连它在哪儿都不知道。"

就我所知，如果你暗示什么事情绝无可能，或者说它艰难万分，就一定能让博士千方百计试上一试。他匆匆奔出房间，向不慎撞到的乔治·乔瑟夫·史密斯蜡像道歉，几分钟后，他就回来宣布，他找到它了，也知道它是什么了。还有——嗒哒！——他给我们都搞到了访问许可证。

我接过他递来的许可证，"国际蜣螂联盟的约翰·史密斯博士、瑞雯·史密斯博士和埃尔维斯·史密斯博士？"

"呃，是啊。"

---
1. 猫王故居。
2. 《拉斯维加斯万岁》《蓝色夏威夷》均为猫王金曲。

"蜣螂联盟？"

"你可不要小瞧蜣螂。要知道，它们能推动相当于自己体重一千一百四十一倍的东西。"

我告诉他，这真的算不上解释。

"这个叫'草地'的地方和昆虫有关，所以我觉得，如果我编的身份和昆虫有关，对方会更愿意放我们进去。而这些食粪类的伙计是我最先想到的昆虫。拿着吧，这是宣传册。"

我接过宣传册读了起来。博士是对的，这地方确实和昆虫密切相关。实际上，整个宣传册几乎就是一份关于昆虫的长篇大论——里面讲了它们的重要性、它们的衰退、人类是怎样邪恶的物种，竟然允许这些事情发生……读完之后，我简直代表全人类感到愧疚，然后想算算我这一生打了多少次苍蝇……太多次了，我都有些羞惭了。但我还是同意和我的男孩儿们一起到那昆虫天堂里去。

即使到了那里，我也不知道草地的具体位置——从天空的颜色来推断，我猜大概是在地中海的某个地方。哈，听听我的说法吧，倒跟某位"把手指伸进水里，再舔一下，然后就能假装自己可以依据盐分含量来推测精确的经纬度"先生的口吻如出一辙。（其实我知道，事实是——他只会在偷看了塔迪斯显示屏或者其他什么东西时，才能使出这一招。）

但无论如何,我们到了这个位置不明的地方。这里晴空万里,空气甜丝丝的,整体由力场包围——这令我感到惊讶,因为这项技术显然超前于这个年代。我提出,这可能意味着外星种族的参与,所以我们最好小心行事,但博士向我保证(结果证明他是对的),这些技术在这时期的地球已经存在,某些财大气粗、人脉广泛或者痴迷此道的人自有门路。而从我们见到梅丽莎那刻起,就一眼看出,她绝对痴迷此道。

梅丽莎·托卡纳个头矮小,一头金发,年纪莫测。倒不是说这很可疑,毕竟,看看我们仨吧——首先,我不能完全确定自己的年纪;然后是博士,他虽然有一千多岁,但看上去不过三十左右;还有埃尔维斯,看起来是三十几岁(实际也是如此),但他出生一周后就已经是这副模样了。

梅丽莎亲自接待了我们(和其他游客),不过那些人到达这里的方式比驾驶迦里弗莱时空机要传统一些。她欢迎我们进入她的世界。

"外面为什么会有力场?"我问,"是为了阻止苍蝇飞出去吗?"

"确实如此。"她说。这让我有些惊讶,因为我是抱着开玩笑的态度问的,在我看来,那玩意儿就是用来阻拦不速之客的。

"如果我们在这里培育了它们,然后放任它们飞去一个会慢慢摧毁它们的世界,那一切还有什么意义呢?"

"所以，这个地方的意义只是'保护'吗？"我问，"你们不是想要改变世界？"

"哦，其实我想。当人类终于觉醒，意识到他们对地球造成的种种破坏后，我和我的昆虫会在这里，整装待发。"

是吗……那祝她好运吧。我来自五十一世纪，我可以告诉你，人类永远不会觉醒，也不会意识到他们造成的破坏。他们做就做了，然后说一声"哎呀，糟糕！"，就继续错下去了。

她带我们穿过力场，进入一栋蜂巢般的大楼，那蜂窝结构顿时让人失去了方向感。这里到处都是门，此外，很多隔墙是玻璃做的，阳光经玻璃折射、扭曲，使这里恍若迷宫。布满走廊的镜子让人无法确定自己究竟是在向上、向下还是向旁边走。梅丽莎领着我们进了一个六角形房间，这里有好几扇视窗可以看到外面，但我唯一能看出来的就是——外面所有东西都是绿色的。无穷无尽的绿色并非我心头所爱，但我们是为了埃尔维斯来的。再者，不管怎么说，也许等我们走到外面看见全貌时，它会比我们现在从扭曲的镜片里看到的要美。

不过，我们可能得再等一会儿才能到外面去。我们要先听一个关于善待昆虫的讲座——或是与此类似的东西——之后梅丽莎才会认为，我们有资格去观赏她珍爱的草地。这没什么好怪的，毕竟这是她一辈子的心血——一个昆虫避难所，一个煞费苦心重建的理想生态系统，它能让很多物种在这里生生不息。她不想让游客们四处践踏。(博士带了一个野餐篮来,这让她很不高兴。他想把篮子藏在自己背后,但她还是将其没收了。)无论如何,我们只能认命地坐下来聆听她的讲座。

梅丽莎目光炯炯地站在我们面前,仿佛在通过自己面前这几十号人向全宇宙演讲:"昆虫,如此渺小,如此不起眼。如果世界上没有了昆虫,谁注意得到呢?"

这显然是个反问,但博士举手了,"我会!"

梅丽莎看上去有些惊讶,她没想到这么快就有听众参与进来,她朝他微微一笑。"确实如此。昆虫虽然渺小,但是它们在很多方面都不可或缺。"

博士再次举起了手,"哦哦哦!"

这一次,她的笑容就没那么友好了,"你想说什么?"

"比如,它们有助于授粉。"博士笑眯眯地看着周围的人。他还真喜欢当模范学生。

她点了点头,"对,授粉。昆虫不仅对观赏植物,对水果和蔬菜的授粉也至关重要。那些都是人类和动物的食物来源。"

"人类也是动物。"博士插嘴道。他这次没有举手。

他只是在说悄悄话,我也知道他是在说分类学方面的知识,而不是想冒犯谁,但假装生气会让事情变得更有趣。"你的人类妻子就坐在你边上呢!"我说。

"那瑞雯,你是不是要否认,自己有时具有野性的美?"

哼，这赞美之词真是滑头……我朝他露齿一笑。梅丽莎就不是很高兴了，她不耐烦地停下，直到我们不再打扰她的讲座。

"当然，昆虫本身也是食物链的一环，它们是很多生物的重要食物来源，比如鸟类、爬行类、哺乳动物等等。这些动物也都是食物链上的环节。如果没有昆虫，食草动物和食肉动物都会挨饿，但昆虫在食物生产方面所扮演的角色，远远超过这些。"

在博士第三次举起手时，我从她眼里看出，她已经放弃抵抗了。她真的没有打算把讲座搞成互动型的。

"怎么了？"梅丽莎问。

"还有土壤。"博士得意扬扬地回答。

"是的，还有土壤。你想要解释一下吗？"她咬牙切齿地说出这句话。不过，哪怕是那些经常面对好动的五岁小孩的老师，也会被博士磨得耐心全无。

"哦不不不，你才是专家嘛。"

"谢谢。当然了……"

"我相信你一定会谈到昆虫给土壤透气、分解动物粪便等等功劳。"

"是的，我会谈这个的。"

"啊，太好了。"博士坐了回去，然后满怀期待地抱着胳膊。

"昆虫能让土壤透气，"梅丽莎说，"还能分解并消化动物粪便。"她呼了口气。我看见博士又坐直了身体，她也看见了——

所以她飞快地继续说了下去："它们处理的不仅是动物粪便。如果没有它们，整颗星球会被腐烂的物质、动物和蔬菜淹没。我举个例子吧，鼻涕虫就是废物处理的重要途径，它们以腐烂的肉类和植物为食。"

"还有我的生菜！"一位男士大喊道。坐在他边上的女士咯咯笑了出来。

梅丽莎并不觉得好笑。"昆虫对生命极为重要，对死亡也是。"她说。

"如果想保住你的卷心菜，杀鼻涕虫的药也很重要！"那位男士说。

这个讲座似乎没完没了。我摆出礼节性感兴趣的表情，但它随时都有崩坏的危险——梅丽莎不断列举昆虫的益处，也痛陈了许多破坏昆虫数量的人类劣迹。他们这种人的问题之一，就在于他们的热情会让人吃不消。在听讲座之前，我觉得人类真的应该对那些六足三节的小伙伴再好一点，但在忍受了梅丽莎这仿佛长达数小时的念叨后，我只差没弄些杀虫剂，到昆虫自然栖息地里去搞点小破坏了。

不过，倒也不是每个人都像我一样受够了。我不时看向梅丽莎（出于普通人的礼貌）和博士（我想知道他接下来要做什么），但没怎么去看奥顿塑料人埃尔维斯（虽然我早些时候发现，大家都在竭力压抑盯着他看的念头——毕竟人们不是每天都能碰到活生生的塑料猫王复制人)。然而,此刻我忽然听到一声赞叹的长吁(这很令人惊奇,因为他用不着呼吸。不过我也恰好知道,他在1979到1980年间完善了对人类发声习惯的模仿)。我转过身,看到他那双塑料眼里流露出对未来的憧憬——他相信她吐出的每一个音节。

"女士,"他说,"如果我没有理解错,你是说人类失去昆虫后将无法存活?"

"简而言之就是这样,史密斯博士。可是,昆虫生存所需的一切都被夺走了:森林遭到砍伐,灌木丛受到摧毁,沼泽枯竭,道路和房屋也修筑在不可替代的昆虫栖息地上。"

一位戴着超大墨镜的女士倾身向前,"我在想,你是不是有点言过其实?"她说,"无意冒犯。"

我可以从梅丽莎的表情里看出,她确实被冒犯了。但是,那位女士不以为意地继续说了下去:"人类必须发展、进步。我非常明白你的观点,而且完全支持野生动物保护。但是,我也支持建造住房、修筑道路、培育高产的种植地。我觉得可以提出一个折中的方案嘛。"

我可不觉得梅丽莎是会折中的人。

不过,那位女士挥手笑笑,说:"你在这里做的一切,确实很了不起,但终究没法改变世界。这里就只是一个昆虫博览园。"

"不!她在拯救人类!"我完全没想到,埃尔维斯竟然跳了起来,他显然已经听信了她的话。"你不明白吗?没有昆虫,人类将无法存活。这位姑娘在这里拯救这些昆虫,实际上是在拯救人类!从人类手中拯救他们自己!给这些被人类夺走家园的昆虫一个新家。"

这话梅丽莎爱听。她朝埃尔维斯露出灿烂的笑容,"是的!我的草地是很多重要物种栖居的完美生态系统的副本。你能看到种类繁多的蝴蝶、飞蛾、蚱蜢、蟋蟀、蜻蜓、豆娘……当然,还有蜜蜂、萤火虫和甲虫……要是一一列举,会花好几个小时。"

我深吸一口气,看上去她很可能会那么做。跟这些朋友再花一两个小时列举所有昆虫种类,算得上什么?不过她终究没有这么做,我真是松了口气。

在我注意到一阵嗡嗡声时,我发现,自己可能之前就已经察觉到了它的存在,但并没有特别留心。那声音几不可闻,而且,我为了将注意力从梅丽莎的长篇大论中分散出来,也早已神游天外。就算我注意到了那个声音,也没有多想。黄蜂对我来说不算什么(我曾和一位名叫"罗德里克"的大黄蜂人度过了一个愉快的周末),再说,我们毕竟是在一个昆虫乐园里,这种生物忽然出现,绕着房间嗡嗡地飞,确实有点讨厌,但这也不是什么难以理解的事。

突然,一个人猛击向它——用一本书全力拍了一下。它无从逃生,转眼就成了昆虫肉饼。

梅丽莎没有说什么,但是她的眉毛都要挑到天上去了。如果她随身带着巨大的书本,多半也会把那个打黄蜂的家伙拍扁。我心里一紧,时刻准备出手。

不过,什么都没有发生。梅丽莎的表情恢复正常,我也放松下来。也许那是因为我仍保留着一分戒备(我那多疑的心正尽忠职守)——这也是为什么,我能注意到接下来的事。

讲座终于接近尾声。我为埃尔维斯感到难过,他只有十四天可以活,却被迫浪费了宝贵的好几个小时(其实只有几十分钟,但给人的感觉像几个小时),听一个愤慨的小个子人类啰唆关于土鳖虫的知识。不过,他似乎不觉得这是浪费时间。实际上,当梅丽莎满怀感情地做着总结:"你们同不同意?你们同不同意,不惜一切代价来保护昆虫的生命?!"埃尔维斯跳了起来,高声欢呼:"万岁!昆虫们必须活下去——为了人类光辉的未来!"至于博士和我,以及在场的大部分其他听众,都选择了更低调的方式表达同意。

然后,我们终于有资格进入草地了。我们三四个人组成一组,前往不同方向,但又获悉不能偏离指定路线。梅丽莎振振有词地解释,要是某个地方的人太多,会对她苦心营造的脆弱的生态系统造成威胁。是的,这听上去似乎有点道理,一点都不可疑。但我无巧不巧地注意到——其中一组由这几人构成:那个不喜欢鼻涕虫的男人、那个被他的话逗笑的女人(也许她是他的妻子?)、那个打死黄蜂的男人,和那个喜欢道路、房子与庄稼的戴墨镜的女人。梅丽莎和他们讲话时,我漫不经心地走近他们,偷听起来。

"我说,你大概也猜得到,我平时会搞点园艺。"鼻涕虫男说。他个头不高,脸色潮红,蓄着大胡子,"你的草地竟然能自己长得这么棒,着实令我惊奇。"

"哦,它们也不是只靠自己就能长成这样的。"梅丽莎说,"有206的帮忙。"

"那是什么?"那个男人问道,"一种种植方法吗?"

"一种肥料,"她答道,"可能是当今世上最好的肥料。"

红脸男人的眼睛顿时一亮。"我对肥料非常感兴趣,"他说,"我猜你们会用有机的那种。206是什么?堆肥?粪肥?血或骨粉?"

"是我自制的特殊混合肥。"梅丽莎说。

"你不能向一位园艺同好透露一些特别配方的秘密吗?"

"也许可以,"梅丽莎说,"也许我可以给你些提示,毕竟你也是园艺同好。"

我观察着她的表情。她满脸笑意,丝毫没有流露出她在目睹不幸的"黄蜂事故"后脸上闪过的那种表情——就算用"恼怒"来形容,可能都太轻了。但她的表情里有什么东西……某种我很熟悉的东西,某种不对劲的东西。

答案就在我的脑海里,我却一时想不起来。

"瑞雯！"博士在叫我。他整场讲座都如坐针毡，现在已经迫不及待地想要四处活动了。我将梅丽莎的表情暂时置之脑后，回到自己的小组：我、博士和埃尔维斯，然后等待获准进入。

梅丽莎走来走去，每次只放一个小组入内。我们并非走出门就进入了草地，而是晕头转向地先穿过了无数蜂窝过道，直到出口大门在我们面前打开。出去后，我四处张望，想看看鼻涕虫男和墨镜女那组去了哪里，但是我看不到任何别组的人。

说实在的，眼前的景象彻底震撼了我，我几乎瞬间就将其他组的事情抛诸脑后。我有没有说过绿色并非我的心头所爱？它也许不是，但是如果用"绿色"来形容这样万花筒一般的色彩，简直像说贝多芬的田园交响曲只是"一些音符"。再说，这里并非只有绿色。远方平原上绽放着彩虹般瑰丽的色彩：鲜红的罂粟花，橙色的水兰，黄色的报春花，开着小白花的荨麻，美丽的蓝色矢车菊、深蓝的巢菜和亮紫的轮峰菊交相辉映。这景象如此平和，让人不由认为这里一定也很安静，但如果你集中注意力就会发现，背景里成千上万的昆虫在持续不断地嗡鸣：蟋蟀的吱吱喳喳，蜜蜂友好的嗡嗡……这里的草很长，几乎触及我的下巴，草丛里不时出现小小的窝，里面探出小小的棕鼠鼻子。鸟群飞过天空，栖息在枝头，高声鸣唱。野兔噗噗跳过，一点都不怕人。一条草蛇从埃尔维斯的鞋子上爬了过去，让他非常开心。

这里还散发着数种迷人的香气，众多气味交织在一起，创造出甜甜的味道。如果能把这个味道装进瓶子里，肯定价格不菲。我们不妨想象一下，来自卡尔文·克莱恩的"草地"。

埃尔维斯选得很对，这里正是一个可以为他最后的日子带来宁静平和的地方。我们三人一起无声漫步，渐渐走进草地深处，我们的感官受到环绕四周的美景的冲击。要是世界上有更多这样的地方该多好！哦，人类啊，有什么送到你们手上的礼物是你们不曾破坏的吗？我是你们中的一员，但我也是时间的孩子，我见证了太多、太多。我有自知之明，不准备向你们说教战争或仇恨的可怕，但我希望你们能照顾好这些小东西——鸟、蜜蜂、花卉，等等。美丽的东西是珍贵的。

哦，对了，就像梅丽莎指出的那样，它们对地球生命的繁衍生息也起着不可或缺的作用。

我只在这里待了这么短的时间，就改变了自己的看法。突然间，刚才那些毫无幽默感的长篇大论都完全合理了起来。我也终于明白，为什么梅丽莎和那位更喜欢道路而非蚂蚱的女士永远成不了朋友。

我会根据自己所处的环境来改变行头，所以我之前已经在塔迪斯里换好了衣服。现在，我精心化身为罗曼蒂克故事里的女主角，光着脚走过草地，任洁白的长裙在我脚踝边窸窣有声。那两位男主角都目露欣赏，但我不是为了他们才这么穿的。我把胸前的访问胸牌取了下来，它和我的衣装不搭。那上面写着"瑞雯·史密斯博士"——确实也没写错。

我忽然顿住了。

史密斯。

我突然想起自己在哪里见过梅丽莎的表情了，那种诡异的胜利笑容。那是乔治·乔瑟夫·史密斯蜡像脸上的表情——也就是博士在杜莎夫人蜡像馆的恐怖密室区里撞到的那个。史密斯曾说服自己的妻子们购买人身保险，将她们遗嘱里的继承人改成自己，然后把她们都溺死在浴缸里。是的，我非常确定。他那傲慢的笑仿佛在说："你们将听我号令，毁灭自己的生命。"这个笑容重现在梅丽莎的脸上。我之前的怀疑再次浮上心头。

博士找了一处草丛低矮柔软的地方，盘腿坐下，吹着蒲公英。"飘到了三点钟方向！"他说，"正是野餐的时间。"

"我以为梅丽莎没收了你的野餐篮。"我说。

他从口袋里掏出一个已经挤扁的果酱三明治，然后摸出一个看起来几乎不可能塞进去的保温壶。"也许她确实没收了我的野餐篮，但是我成功解救了一部分野餐。来点三明治怎么样？要不要汽水？"

我礼貌地拒绝了。我知道他的口袋里一般还会放些什么。

可以说，博士的脑子中间有一个相当精确的邪恶探测器，如果他不觉得梅丽莎有什么不对，那么基本上应该没有什么需要担心的东西。他张开四肢，躺在这片完美的草地上，看起来那么开心。埃尔维斯也是。我不想破坏这一切,况且,他俩中有一个就快去世了。然而,那个"把妻子淹死在浴缸里"的表情仍旧让我心神不宁。

"我想再走远点,"我说,"增加点食欲。"

博士把他的音速起子丢给我。"设置到674a2,"他说,"指南针功能。"

这个主意不坏。虽然我方向感极佳,但这个地方毕竟非常广阔。我把音速起子塞进腰带里。

我想,如果我原路返回,再计算一下方向,就可以碰到下一组人。于是,我转头往那个方向走去。不过,我很快遭到了冲击,字面意义上的那种。我大概走了半英里,然后撞上了一堵隐形的墙,电流猛地从我体内穿过。在这草地里,竟然又有一道力场。

之前可没人提过这一点。也许这玩意儿只是用来防止我们逛得太远,但也有可能是出于更险恶的目的。

我沿墙走了一段路,接着又换了个方向,打算看看这屏障究竟延伸了多远,但目之所及没有终点。我琢磨着,要不还是回到博士和埃尔维斯那里去吧,我这愚蠢的疑心多荒唐啊。不过,我偏偏固执地想要知道到底发生了什么。我手里还有音速起子呢!所以,没过多久我就找到方法解除了屏障。

"有人吗?"我边走边喊,但没人回答。于是我继续向前走。

我漫步其间,发现花香和昆虫的嗡鸣几乎令人迷醉。我的每个感官都无比舒畅。

我的生活——怎么说呢,我的生活里很少有如此平静的时刻,尽管我喜欢那样的生活。从死里逃生到龙潭虎穴,是我生活的动力。我偶尔也会做一些特别平和的项目,比如瑜伽(将腿扳到脑后的技能,有助于生活中的多个方面)、冥想,或是那些突然在公元2015年风靡起来的填色书……但我还是更喜欢行动。那能让我停止思考,不再去想我做过什么,或者我是谁,或者那些不曾遂愿的事情——尽管我知道它们永远无法改变。

但这里的平和是那样令人沉醉,再小的忧郁都无处容身。也许,我找到了全宇宙唯一能让我真正感到快乐的地方。去寻找其他人这件事似乎变得不再重要,应该是我想多了吧,这样的地方不会发生坏事的。

我坐在地上,开始编织牛眼雏菊,编长之后,我把它们缠成了一顶发冠,这比伊丽莎白女王的任何红宝石或珍珠皇冠都美——想起博士的这位前任,让我想起博士。啧,我是想骗谁呢?所有事情都会让我想起博士。我并不是在因为他在我之前,或之后,甚至我还在世的时候(时间旅行非常复杂)有自己的生活而吃醋。没有他的日子里,我的生活几乎没什么冒险。但有时我会因我的幸福大部分都和他息息相关而后怕。他在我的意识里不断徘徊——如果他知道这点,一定会大吃一惊吧。不过,说真的,我觉得他应该知道。

一旦我开始忘记他，我就应该知道，有什么事出了岔子。

倒不是说这像出现在宇宙中的裂缝那样严重，也不是说他从我脑海中被抹去了，只是我觉得他不再那么重要了。博士对我无足轻重，是我从来没有体验过的感觉。

而我却不在乎。

我能感到他从脑海中渐渐消失，但没什么欲望把他留下来，抓住他不让他走，或者把他拉回来。

没有博士，也许我终于可以平静下来。

我的手指拂过鲜花，惊起了一只珠宝般的蜻蜓。一丛甘菊散发出阵阵苹果香气，花粉散落在我的皮肤上。我枕在樱草和仙翁花上，雏菊花冠从我的头上滚落。

如此宁静。

如此满足。

如此平和。

不！

我挣扎了一下。我无法让博士彻底离开脑海。也许，只要他还是我的一部分，我就永远无法获得安宁，但我同样可以肯定，我无法抛开他独自迎接平和。

我伸出双手，像婴儿一样摇晃着胳膊，拼命地抓向他。如果我摔下去，他永远都会接住我……

我的手抓紧他的手，我不由得松了口气。

不过……

他的手指虽然纤细，但绝不会这么瘦骨嶙峋。

我竭力抗拒着吞噬一切的宁静，拼命想要再次浮回现实层面。我在每一次呼吸间默念他的名字，一遍又一遍——那是能保护我、不让我沉沦的咒语。我甚至没有发现，自己紧闭着双眼，直到我意识到，要重新睁开眼有多困难。放弃挣扎，是一个多么容易的选择啊……

就安睡吧。

就安宁吧。

永永远远。

我猛地睁开眼，盯着自己抓住的东西——一只徒留骨骼的手，出现在我由血肉组成的手中。那只手牵出了更多的骨头，当我匆忙放手时，组成手臂的骨骼纷纷散落在地。

我一边拼尽全力不让自己沉沉睡去，一边在长长的草丛里爬行。我知道，如果睡着，那将是永恒的安息。草丛因我努力前行而分开，我看到了更多的骨头，它们并未任意四处散落，有的还由残存的皮肉连接，看起来曾属于某个人类；有的莹莹发白；有的则爬满黑色甲虫和其他昆虫。

也许我应该回到博士和埃尔维斯那里去。我现在的思维并不是很清晰。不过，哪怕头晕目眩，我也强迫自己前进，因为我终于知道，那四位没有与梅丽莎共享昆虫世界梦想的人，会是怎样的下场。

我逼迫自己不断向前,白色的长裙上染满从草丛里沾来的斑驳绿色。我仍然没法站起来,有时我能看到自己前进的方向,但有时草太高,我什么都看不见。我在心中默念:不断往前,手脚并用向前,手脚并用向前,保持这个节奏,你可以的。我在梦游——更确切地说,是"梦爬"——但我还是能控制自己,尽管非常勉强。

我先找到了那个戴墨镜的女人——墨镜的一边还挂在她耳后,另一边已完全弯折变形,也许是她躺下来时折损的。我无法确认她是否还有呼吸,于是我低下头去听,然而,沉重的乏力感再次控制了我。我躺在她的边上,离她很近,近到我能感受到她胸口的呼吸起伏,她还活着。我动不了了。我也不想动了。那种安宁再次抓住我,这次还带来了新的感觉:我是正趴在母亲胸口的孩子,听着母亲轻柔的呼吸,她说:"我会永远守护你、保护你,你只要和我在一起就好了。"

啊,那是多么强烈的感觉啊!但问题是,我知道那不是真的。我不是那个孩子,我的母亲也从来没有这般抱紧我,哪怕她非常想,我知道。这不是在责怪谁,或者自怨自艾,这只是现实罢了。而现实给了我一根可以依靠的支柱。

我将安宁赶出脑中,用愤怒取而代之。从小就从父母身边被夺走,让我很生气;我的生活被人偷走,让我很生气;那些人将我变成了现在这样(我想说"之前那样",但我又无法完全确定),

让我很生气；宇宙竟然允许这样的事情发生，让我很生气。也许，我甚至对博士的存在大感恼火，因为爱上他让我的生活变得更好，但也让生活变得更加艰难。

愤怒驱使我站了起来。我跌跌撞撞地往前走，然后发现了其他三个人。他们都失去了意识，但还勉强活着。我想帮助他们，可我该怎么做？

这里的味道更加浓重，之前甜甜的香气变成了令人生腻甚至恶心的气味。每次呼吸都会让我感到一阵困倦，空气里的什么东西有催眠的作用。我想把这些失去意识的人拖走，但力不从心。这里的空气削弱了我的力量，我越竭力，就越觉得困倦要再次向我袭来。我必须把他们留在原地，去寻求救援。

我要找一个不用呼吸的人。而幸运的是，我恰好知道在哪里能找到这样的人。

……或者说，我算是知道吧。我摇摇晃晃地兜了几分钟圈子，才想起博士为什么要给我音速起子。以我现在的恍惚程度，如果没有它，我不觉得自己可以回到他们身边。

我在回去的路上发现了更多的骨头。我不是那种多愁善感的人，但也许因为我正处于梦游般的状态里，我无法不去想象这些人衣冠楚楚、生机勃勃的样子。那些骨头都曾是某些人的面庞，那些人笑过、皱过眉，那些人对他们的父母、孩子和情人是多么重要。而时间、死亡和梅丽莎从他们手里将这些人夺走了。

我又走了一会儿,没有再看到骨头出现,也最终回到了自己之前所在的那片草地。那令人作呕的气味依然游离在空气中,不过已经很淡了,我发现走路变得容易多了。我甚至有足够的力气大喊:"博士!博士!"

没有人回答我,但接着我就看到了埃尔维斯,他在远处向我挥手。我费力地向那里走过去。走近以后,我看到他举起一根手指放在嘴唇上,"博士正在小憩。"我又走近了些,他轻声说:"大概,一直拯救宇宙是件相当累人的事吧。"

"不!"我不知道自己有没有大喊出声,还是说那声音其实只出现在我自己的脑海里,直到我看见埃尔维斯震惊的表情。博士就在那里,躺在草地上,和我离开时一样,脸上带着开心、安宁的微笑。我扑到他身边,用力摇晃他,"快醒醒,博士!快醒醒!"

他睁开眼,笑容变得更大,但他的注意力完全没有集中,"瑞雯?你忘了我和你说过,不要在晚上偷偷摸进我的卧室吗?"

"现在不是晚上,这里也不是你的卧室,"我强硬地说,"我要你立刻清醒过来!"

他终于听出了我声音中的急迫,撑着胳膊起了身,"发生了什么?"他问。他看起来依旧很困,但还是恢复了一些平时的样子。

"梅丽莎给人下药,要把他们变成肥料。"我告诉他。我一边梳理情况,一边向他解释,"那些和她观点相同的人,就能在安宁平和中休息,当他们离开草地后,会告诉其他人这里有多美、保护区有多么重要等等。但是她会挑出那些不赞同她的人,将他们和其他人分开,让他们彻底安息。"

"真油(有)趣……"博士含含糊糊地说着,重新躺下去闭上了眼睛。我用尽全力摇晃着他,"你不能继续睡下去!听着,这是我的错。我关闭了屏障,所以那些气体——无论它们是什么——就飘散到了所有地方。但你是一个时间领主!你可以使用自己的闭气系统什么的,有人等着我们去救呢!"

这正是他永远都会响应的号角。几秒之后他就坐了起来,摇晃着脑袋仿佛是要把那些气体排出去,然后他用彻底清醒的目光注视着我。"闭气系统不是用来干这个的,"他说,"但这想法不错,迦里弗莱的生理构造能让我暂时保持安全。"

我们出发了。埃尔维斯心情不怎么样,因为他的幻想破灭了。我看到了他的表情,他没有怒气冲冲,更像一只小狗不理解为什么最爱的主人踢了自己。"可她是为了帮助人类啊,"他悲伤而困惑地说,"为什么她要杀了他们?"

这个问题的答案简单明了。我这辈子碰到过不少"大局为重"的人,但我不确定我可以向他解释清楚那种复杂的心理,他的心(塑料的心,不是木头、铁石)是那么单纯。

我把埃尔维斯的绶子围巾盖在口鼻处以充当临时防毒面具,博士还教了我几个呼吸技巧以减少吸入的气体。这两个方法的效果都差强人意,但这至少意味着我多半能再坚持一会儿,直到找到梅丽莎的受害者。

我知道我们离那里不远了,因为空气又浑浊起来,我的步伐愈发缓慢。你也知道那种感觉吧——你在梦里想要奔跑,却发现自己几乎不能动,腿像灌了铅一样抬不起来。现在我就是这样的感觉,尽管我是在现实里。不过,如果博士或我倒下了,我们还有埃尔维斯,他会叫醒我们。然后,我知道我们到了正确的地方,因为我们踩到了骨头。

"虫的食物。"博士低头看着另一具尸体说。这时我才意识到这件事有多可怖。

梅丽莎之前说她草地的成功多亏了206——她特制的肥料,而我刚刚意识到那是什么了。

人类身体里有206根骨头,骨粉是最营养的肥料之一。梅丽莎不仅在杀害那些和她看法不同的人,而且她的昆虫帝国就建立在那些人的尸骨之上。她将他们喂给土壤,培育出她的昆虫赖以生存的草地。这是由死亡创造出的生命循环。

我把博士和埃尔维斯带到四个失去意识的人那里,埃尔维斯在我和博士的小小帮助(准确地说大概是拖后腿)下,把他们带出了危险区。接着,博士拿出音速起子(我当然已经还给他了)比画几下,想修复力场,阻止更多气体扩散。但是他失败了。

"你像戳泡泡一样把它弄破了,"他说,"我可没法修复一个戳破的泡泡。"

"那你能不能吹一个新的泡泡呢?"我问。

他挤出一声"嗯",因为思考而拧起了脸。"但是我在这里做不到,不过这附近应该会有控制中心。"

我急了起来,"没有屏障,气体会四处传播,它会让所有人都昏过去!我们需要找到那个控制中心。"

"或者,"博士懒洋洋地转了一圈,指着一个方向说,"我们关掉那些气体。如果他们把屏障控件和催眠气体释放控件放在一起,我一点儿都不会感到诧异。"

"大概在我们进来时的那个圆顶建筑里。"

"大概是的。"他深吸一口气。

"你干什么?!"我喊了一声,他左右摇晃一下。

"只是……检查……气体方向。"他有点局促不安地说,依然原地晃动着。几秒之后,他恢复了常态,"这边走!"

我们决定把失去意识的那些人留在原处,毕竟带上他们会很困难,况且我们在往气体源头走(至少我们希望如此),所以这里对他们来说反而更安全。

我不知道走回圆顶建筑到底用了多久,因为我又陷入了那种恍惚的状态。如果不是博士一直叫我继续往前走,有几次我真想就那么睡过去。而且,我觉得最后半英里路应该是埃尔维斯抱着我走完的。嗯,估计女孩子偶尔落难也没什么大不了的,至少这让我保存了体力。

我再次恢复意识后,发现一个秃顶的家伙正低头看着我,我昏昏沉沉地想着:"桑塔人?寂静[1]?让-卢克[2]?"我清醒后才意识到那是埃尔维斯。"我们需要盖住那个喷头。"博士说着,指了指埃尔维斯著名的头发,它现在被塞在墙上的一个洞里。"我们还算走运,杜莎夫人蜡像馆没有用万能胶来粘假发。"

"但气体还是会渗出来。"我说,"我们得找出它的源头,然后关掉它。"

于是,我们大步走进玻璃建筑里。如此坚定的步伐本该气势逼人,只是我们三个的组合颇为独特——一位戴着领结的古老的时间领主,一位衣物窸窣作响的女英雄,和一位秃头的塑料外星猫王。

博士记下了喷头的位置,此刻,他正穿行在蜂窝般的建筑里寻找它。我们穿过一个个房间,离它越来越近。"从这里穿过去就是!"博士终于说道,然后停了下来。

我们面前这堵墙不是玻璃的,它由某种黑色和黄色的物质建成——不对,它确实是玻璃的,我忽然意识到那些黑色和黄色的东西在动。它们在墙那边爬行、飞行——那是一大团昆虫。它们包围着我们需要找到的控制板,尽管我们不知道它究竟在哪儿。

---

1. 《神秘博士》剧集中的怪物,均是秃头。
2. 让-卢克·皮卡德是《星际迷航:下一代》中"进取号"的舰长。

"那间屋子里全是黄蜂！"我喊道。

博士摇摇头，"太大了，不是黄蜂。如果我没有看错，它们是巨型马蜂，最毒的蜂类。不得不说这个防守还挺到位。要是你走进去，估计几分钟内就会窒息而亡。哪怕以我的生理构造，也不保证能扛住几百次蜂蜇，"他拧拧鼻子，"怎么着也会疼得厉害。"

"但它们对埃尔维斯没有影响。"我说。与此同时，埃尔维斯也说："它们可不会伤到我。"

我们对视一眼，"那就这么决定了。"

博士行动起来，并说："好的！瑞雯，你现在立刻离开。"

"嗯，不要。"我说。

"嗯，要的。"他说。我非常喜欢他指挥若定、妙法行事的样子——这和法师没有关系。"埃尔维斯打开门时，不少马蜂会逃出来，"他解释道，"希望它们心情不错。心情不错的马蜂不会到处乱蜇，但万一它们心情不好，我希望你没在这里。"

"那你呢？"

"我会没事的，只要不飞出太多马蜂就行。我必须留在这里给埃尔维斯指示，告诉他如何关闭整个系统。"

我对这个主意有些不满，但勉强照做了——虽然我只是跑到了隔壁房间里。分隔墙都是玻璃的，我可以看到正在发生的事，哪怕场景有些扭曲。我在一个桌子底下找到了博士被没收的野餐篮，于是摸出一个三明治来打发时间。

我不时听见博士的声音："把那个旋钮转到十！按下那个开关！剪断绿色的线！"

在我刚吃完三明治，打算开始吃奶油蛋糕时，另一个声音传了过来："你们在干什么？！"

那个声音里带着一丝惊慌。透过扭曲光线的玻璃，我可以看到梅丽莎，来者是她，这没什么好奇怪的。她看上去有三十多米高，站在她身旁的博士看上去非常小。她手里拿着什么东西，很可能是一把枪。

我蹲到门边，尽量让自己不被发现。毕竟，人永远要保留出奇制胜的方法，以备不时之需。

她看到了埃尔维斯，"他是怎么在里面活下来的？"

"哦，塑料人嘛，没什么好担心的。"博士说，"他正在拆你的催眠气体系统。我猜那是某种超级罂粟提取物？你把这些植物培育得那么好，不妨物尽其用是吧？"

"你必须阻止他。"

"抱歉，我不会。该被阻止的人是你。"博士提高了声音，"埃尔维斯，请继续做你手头的事。"

她抬起手——是的，她拿着的绝对是一把枪，"让他停下，否则我就开枪了。"

"没门儿，"博士说，"不管怎样你都会开枪的。你不会放我走,因为我会告诉有关部门你在这里的所作所为,你的超级特别肥料都是什么做的。但如果我们捣毁了你的机器,至少其他人还有逃走的希望。继续,埃尔维斯!"

"我会开枪的!"她尖叫道,我也相信她会的。然后我打开门,用手边能摸到的第一件东西向她扔去——是野餐篮。

有时候,人们会用"扔东西像女孩一样"来形容人力气小,但如果他们说的是我,就不是那回事了,因为我扔起东西来仿佛魔鬼附身。是的,那个野餐篮成功分散了梅丽莎的注意力。但我扔得太用力、太快,它砸碎了她背后的玻璃墙。

果酱三明治、黏糊糊的面包和汽水全撒在梅丽莎头上。玻璃碎后,成千上万只饥饿愤怒的马蜂向她飞去。

博士朝我跑来,他一冲进门,我立即把门用力关上。我无法透过玻璃看到梅丽莎,昆虫织成的帘幕遮住了她。博士出于本能,想要转身冲出去救她,但我抓住了他的胳膊。"埃尔维斯会救她的。"我说。

最后,他出现了,摇摆着电力四射的腰身走向我们,塑料臂弯里抱着一个小小的身躯。我打开门让他进来,然后赶紧关上,以防跟着他冲进来的马蜂太多。有几只飞了进来,它们晕头转向地绕着圈,但没有太注意我们。

博士检查了一下她的情况,"很遗憾,她在那么短的时间里承受了那么多毒液,没有生还的机会了。"他叹了口气,"走吧,我们出去吧。"

每次冒险时，博士都是雷厉风行、接受完谢意就转身离开的人。对他而言，没有什么善后之说。

"我们难道不应该……"埃尔维斯开口道。他从来不知道博士的小探险的尾声通常是什么。

我摇摇头，"你已经关掉了催眠气体，我们关闭了环绕这里的屏障，所有人都会清醒过来，然后离开这里。我们可以回家喝茶，然后……"我打住话头，突然想起为什么我们一开始要来这里。这是埃尔维斯最后的冒险故事。

"我会留在这里。"他说。

"我知道你想在这里度过你最后的日子……"我说，但埃尔维斯打断了我。

"不是，那不是我选择留下的原因。这里……"他指指周围，其实也就是指了指几只马蜂和一个沾着果酱的死去的女人，但我明白他的意思。"这里对人类很重要。我会让它继续运作下去。"

"但是那些巢烃人……"

博士大笑出来，然后拍了拍埃尔维斯的背，"是的！太聪明了！你这奥顿塑料人还不赖嘛！没错，如果我们把环绕这里的力场重新打开，你待在这里就绝对安全了。"

"呃，那关于那些肥料……"我说。

"我想我会找到新的来源的。"他说。

我避开了接下来的巢烃入侵。那些"这是只手吗?不,这是把枪!"的桥段用不了多久就会令人厌倦,但我还是回到那里简单看了看埃尔维斯是否安然无恙。我无须担心太多,因为我看到的新闻头条之一是"粉丝们为塑料猫王尽享'乡间野趣'[1]"!他的"蜜蜂慈善"系列演唱会获得了热烈反响。我乔装打扮参加了其中一场,在他演唱《我心灵受创》[2](他唱这首时被蜜蜂环绕着)和《机不可失时不再来》(号召全世界认识到昆虫危机)时,我为他欢呼。他获得了极大的成功,我从没见过他的塑料脸上露出这么开心的表情。当他以《宁静山谷》和《这是我的天堂》结束演出时,我就知道他过得好极了。

我拿着从纪念品商店买的一罐"金钱甜心"[3](所有收入都将用于救助蜜蜂)准备离开时,有人在我后面清了清嗓子。我(和所有人都)转过身,奥顿塑料人埃尔维斯唱起了《今夜你是否孤独?》。他牢牢地盯着我。

我听着他的歌声,然后意识到,他说中了我生命中无法改变的一件事——无论发生什么,无论和谁在一起,我永远都会感到孤独。但是我会——我也能——接受这件事。

---

1. 《乡间野趣》是猫王主演的一部电影。
2. 猫王的歌,直译为"我被蛰了"。
3. 猫王的歌。

一曲终了，我走过去，把手放在他光滑、坚硬的脸颊上，"我心惊不已，"我告诉他，"这是你的奇迹。"我亲了亲他，"看在过去的情分上。"我说。[1]然后，我就离开了。

　　瑞雯·宋，就此告辞。

---

1. 《心惊》《你的奇迹》《过去的情分》都是猫王的歌。

《时光之河》

安德鲁·莱恩

安德鲁·莱恩：英国作家，也是一名记者，著有多部小说，其中的《青年福尔摩斯》系列小说广受好评。他为《神秘博士》创作了多部小说、短篇故事及广播剧。

我发现，女孩子在遥远而阴冷的监狱星球上长期服刑的最大问题是——这对她的鞋子造成了很大影响。

如果硬要我说，我会承认，这里的食物也很糟糕。但在这个天杀的偏僻星系附近，有几个行星、卫星和空间站可以提供还算过得去的外卖，当然那价格也确实贵得离谱（我通常会在主管不注意的情况下，用她的个人账户订餐）。无聊也是一个问题，但我将其视为机会而非缺点——我可以全身心地投入到考古研究中。当然，是远距离研究，即使风暴监狱只有老旧的全息技术（这里的设备老到自己都几乎可以被当作考古项目了），也给人身临其境的感觉。孤单也是一个问题，但晚上从墙缝里钻来觅食的节肢动物是很好的倾听者。我注意到，有时候，它们甚至会回应我，不过，当这种情况发生时，我就知道，是时候出去转转了。

这又回到了我刚刚说的鞋子的问题。

风暴监狱里面很潮湿，没有像样的柜子，大气中还含有腐蚀性物质，这意味着除了威灵顿雨靴，其他鞋子都会很快烂掉。而我是不会因为任何原因穿上威灵顿雨靴的。当你不得不用鞋跟作为工具，撬开机器守卫的控制板时，你会折断很多鞋跟。这就是为什么每隔几个月我就得逃出风暴监狱，进行一些大采购。毕竟，女孩子打扮得漂亮点，说不定她的丈夫就会来探望她。尽管她最初是因为要谋杀自己的丈夫被关进来的，而且没有人记得起她的丈夫是谁[1]。

在风暴监狱里，我有很多时间可以用来思考。这也许不是一件好事，不过至少那些节肢动物和我能因此找到很多话题。

主管发疯般地想知道我是怎么能一直逃出去的。我小小的恶作剧使她一直拿不到年终奖，这让她无比暴躁。我不知道她为什么要这样，我最后都会回来的呀。我是用一个时间漩涡控制器逃出去的，但是他们在搜查我的牢房时永远找不到它。他们当然找不到，我把它存放在和这个现实有微偏异相的位置上。当我需要时，会用遥控器召唤它，这个遥控器小到我可以把它藏在身体里的某只反扫描线虫里——它是几年前一位非常和善的医生为我植入体内的。主管让守卫扫描我，检查我是否藏着什么东西时，这只反扫描线虫就会在我身体里游走，离扫描射线远远的。这个过程很痒，但我本来就喜欢咯咯笑，所以，没有人注意到我的举止有什么反常。不过，更反常的事情总是有的，比如这个女人的丈

---

1. 详见新版《神秘博士》中《不可思议的宇航员》《登月之日》《瑞雯·宋的婚礼》等剧集。

夫本应该早就死了，而且，奇怪的是没人认识他；他越来越年轻，她则越来越老。

今天早上，我准备就绪，想去坎能达星站转一圈，那里专门接待星系这一象限里最高端的私人客户。我找到反扫描线虫的方法很简单，就是全身上下摸一遍。我不知道对于正在看监控录像的人来说，我看起来是在干什么，但我希望他们享受这场表演。我刚找到线虫，按下位于它中段的按钮，召唤时间漩涡控制器让它到这里来，与此同时，门突然打开，三个守卫冲了进来，主管本人就跟在他们后面。守卫们举着激光枪和神经元控制鞭，带面罩的头盔上布满检测各个电磁波段的传感器，就像一大堆黑刺。他们戴这种头盔当然是为了避免被我的口红迷晕，但这个故事我们下次再说。我又买了一只新色号的口红，里面的溶剂可以腐蚀任何东西，但这一点也可以下次再说。

那么多故事要讲，那么少的时间能用。这不就是生命最完美的定义吗？

回到正题，就在时间漩涡控制器出现在我手臂上的那一刻，他们抓住我，扯下了控制器。

"你蹭掉了我的指甲油！"我冲离我最近的守卫抗议道。

"那大概也是有毒的！"主管插着腰，厉声道。她的发型不错，品位也还行，但这里的潮湿对她的肤质造成了严重破坏。"你这是要去什么地方吗？"

"现在不去了。"我叹了口气,"你真的有必要这样破坏女士的兴致吗?如果我向你保证,购物时给你买点特别好的内衣,你觉得怎么样?"

"你真的觉得可以用花边内衣来贿赂我吗?"她厉声问道。

"我可以用花边内衣来贿赂任何人。"我呛声道。这是真的,我确实可以。

"讽刺之处在于,"她挤出一丝微笑,"你这次甚至不需要自己溜出去。我来只是为了告诉你,你得出去转一圈。"

"哦,多棒呀!"我嘴上这么说,内心却感觉不妙。自从我来到这里,正式获准出去的次数不比我一根手指上的关节多;而且,没有哪次经历是愉快的。

我被守卫们押送到主管的办公室,它位于一座高塔之上,塔里可以看到我所见过的第二荒凉、昏暗、惨遭风暴破坏的土地的全景。(我所见过的最荒凉、昏暗、惨遭风暴破坏的土地是坎维岛,它位于一颗叫"地球"的行星上,但那又是另一个故事了。)我一直怀疑这座高塔实际上是一艘逃生船,如果发生动乱,主管可以驾驶它逃离这里,我有意在未来某个时间点验证一下这个猜测。但当我被推进她的办公室时,坐在她桌前的那个人吸引了我大部分注意力。他的身边放着一只公文包。

"犯人50243,"主管说——我们还没有熟到彼此称呼名字的地步,虽然我经常试着和她交朋友,"这是达林·付卡德教授。"

"我是瑞雯·宋。"我边说,边露出最动人的微笑,向他伸出一只手,"我也是教授。"

"我知道。"他说着,站起来走到我面前。他体格魁梧,留着一脸大胡子,其中几缕已经发灰了。"我非常欣赏你写的那篇关于阿克诺伊十二星的拉克诺蜘遗址的论文。"

"我真是受宠若惊。"我说。他弯下腰吻了吻我的手背。我一向对传统问候礼没什么抵抗力,对领结也是。"彼此彼此。你对在阿克图洛斯星附近的莫比乌斯轨道环遗址上发现的奥斯兰文物的研究,有一些非常有趣的结论。当然,这些结论都是错的,但依然非常有趣。错误比无聊更可取,你不觉得吗?"

他笑了笑,"我想聘请您,宋教授。"

我瞥了眼主管,然后对他说:"我很想帮忙,但很不幸的是,我的行程这会儿排得有点满,因为这个'因谋杀而终身监禁'的事。你也许知道这个。"

我用眼角余光瞥到,主管的表情扭曲了。说真的,她不应该露出这样的表情。因为她看上去不像有一个很好的护肤流程,而且风暴监狱里经年累月的潮湿让她的年纪看上去比实际的要老得多。除非她已经三百岁了,那样算的话,她保养得真不错。

"我明白,"付卡德教授说,"但管理这座监狱的组织,给了我一定程度的自主权。你在早已灭绝的星系古早文明种族方面是公认的专家。我需要你的帮助。"

我感觉自己像圣诞节时的小孩那样兴奋,"你找到了别的古早文明的遗址?再多透露点儿!他们在哪里?是哪个种族?"

付卡德抬起手,做了个"嘘"的手势,"我们路上有足够的时间,可以告诉你发现的所有东西。但你需要知道,现场发现了一件很……不寻常的东西。对于它,你有独一无二的发言权。"

他瞥了主管一眼。她耸了耸肩,他走过去拿起公文包。回到我面前后,他从包里掏出一张智能纸,把它打开递给我。然后,他就站在那里,像举着盾牌般把他的公文包抱在胸前。

智能纸上显示的是一段循环录像,一共几分钟长,录像里有几个穿着肮脏连体服的人,他们力求在不破坏任何东西的前提下打开某扇门。门是金属的,但历经岁月的风霜失去光泽,看上去像是石头的。门所在的那面墙没有任何特色,但我注意到了三件事:一,这扇门是那些考古学家的五倍高;二,应该找人给这些考古学家设计一套更加好看的工作服;他们穿的标准米白色连体服实在不像话——肯定是因为批量打折才买的。但说实话,这不划算;三,门框上的象形文字不是迦里弗莱星的东西。这真是让我长舒一口气。

我并不太了解迦里弗莱星,只知道那里居住着该星系最早出现的文明之一。传说中,那是一个"超越时间"的星球。还有,我的丈夫,我此生挚爱出生在那里。不过,我从那些传说和他偶尔提起的事情里得知,如果人们发现迦里弗莱星,就会发生坏事。

幸运的是，这不是迦里弗莱星。

"你有什么想法？[1]"付卡德问道。

"这里的守卫每过几天就会打我。"我回答道。主管咳了一声。"还有就是这扇门的大小，该星系没有进化出太多这种大小的种族。他们比拉克诺蜘人大多了！"

"也可能只是出于仪式目的。"他提出异议。我知道他在试探我。

"不，"我指正他，"使用这扇门的种族体型巨大。控制大门开关的象形字距离地面大约有五点五米。"

他的眉头皱了起来，"控制象形字？"

"那是开门时必须触摸的图案，它比门上其他部分损毁得更厉害。"

"它们有上千年历史，"他指出，"整扇门都损毁得挺厉害。"

"是的。但是有一块比其他部分损坏得更严重。告诉你的团队，将其向里推，以此开门。大多数古早种族使用星球核心的地热来为城市供能。假设陶瓷布线依然完好，大门将始终开关自如，直到行星解体——鉴于那个时代的所有种族都已灭绝，所以唯一可能的原因是自然重力之压。"

他不情愿地点点头，"他们确实发现了开门的控制象形字，

---

1. 原文"strike"也有"打""攻击"的意思。瑞雯的调侃即来自于此。

不过是意外发现的。"

我喜欢说中的感觉,却没时间享受它。"里面有什么?"我急切地问道。

"那就是我想给你看的东西,"他回答道,然后看向了主管,"但不是在这里,我们得去那颗行星上。"

主管再也无法控制住自己。"这里面有什么玄虚?"她质问道。

付卡德教授看我一眼,做了个小小的手势,示意这个问题应该由我来回答。

我用最优美的授课嗓音娓娓道来:"在现存的任何种族进化至今以前,宇宙中还有其他种族存在,那是更古老的种族,考古学家们称其为'古早文明'。如今,他们早已灭绝。有的文明是自然衰亡的,有些是因为很久之前发生的一系列毁灭而消亡的,不过这事太过久远,至今已无人记得。"沉淀在记忆深处的我以前做的研究浮现出来,我感觉自己的眉头皱了起来。我立即松开眉头,以免产生永久皱纹。"传说,好几个种族组成了联盟,共同对抗比我们现在经历的任何事情都可怖的力量。领导这个联盟的种族,来自一个神秘的星球,众人只知道它叫——迦里弗莱星。"

我悄悄在身后交叉起手指祈祷,但主管和付卡德教授都没有注意到。

"时间统领者,"付卡德悄声说,"或者叫'时间领主',记录并不是特别清楚。"

"'领主'更准确一些。"我轻声说,然后继续大声说下去,"在漫长的时间里,他们摧毁了拉克诺蜘、纳洛克和大吸血鬼。还有其他现在已不可考的……"

"'大吸血鬼'!"主管嘲笑道,"你当我是什么?傻子吗?"

"这一点还是让我们留给后代去评判吧。"我和颜悦色地继续道,"'大吸血鬼'这个说法是基于几份非常古老的文献记载大致翻译的。你可能更愿意把他们想成巨大的人形生物,这些家伙能吸干整个世界的生命,让其中的居民变成随从。说回正题,当这些危险都被铲除后,联盟分崩离析,组成联盟的那几个种族也衰败了。如今他们早已彻底消亡。"我又在身后交叉起了保养良好的手指。时间领主当然没有消亡,至少不是所有,但我现在不会提到这些。我敲了敲智能纸,"根据这些象形文字,我可以推测,这个星球上住的是奎姆人。"

"奎姆人?"付卡德眼睛瞪得溜圆地盯着我。

"从我能拼凑出的信息来看,是的。它们原本是哲学家种族,但因为某些诡异的原因,成了联盟里的勇士战队。它们生有六条腿,体型巨大,就像爱德华时期大型蒸汽机车那样的巨型蝗虫——如果你知道那是什么的话。不过,作为考古学家,你应该知道,它们有五个独立且相互连接的大脑,可以快速同步战术、分析策略。"我瞥了眼主管,她边听边吃惊得张大了嘴。"哦对了,关于古早文明种族,有一点很有趣,他们通常都比现在的种族体型大。拉克诺蛛人的身型令人震撼,大吸血鬼的名字也与他们在艺术和音乐方面的修养无关。没人知道为什么他们能进化得如此体型巨大。我读过一个理论,说那是因为宇宙间有一些物理常数会随时间流逝而不断减小,但没有人真正知道答案。"我冲他们笑了笑,"在古老的传说中,因其离时间源头更近,时光之河在那时更加狭窄,所以游动其间的生物相对更大,但这只是诗意的解释。那时候,只有奥斯兰人和我们差不多大小。"

"还有这些神秘的时间统领者。"付卡德指出。

我卷起智能纸还给他,"所以,我通过测试了吗?我能去看看门的另一边有什么了吗?"

他点点头,但表情依然很谨慎,这让我觉得不安。"好的。"他说。

"那我们走吧。"

他看看我,看看总督,然后又看着我,问:"你需要收拾行李吗?她需要收拾行李吗?"他看上去有些困惑,不知道这里谁说了算。我觉得他这么想真的很贴心,当然是我说了算,但他才刚刚见到我嘛。时间久了,他会知道的。

"没问题,"我说,"我牢房门边一直有个收拾好的包,供我随时想出去转转时用。"

即使我俩隔着三米远,我也能听到主管的牙齿磨得咯咯直响。她应该去找个好点的牙齿矫正医生检查一下。我保证回来时会给她推荐一个的。

付卡德教授的飞船并不豪华,相反,它可以说是"反豪华"的,如果有这种说法的话。如果没有,我觉得应该加上这种说法。那是一艘破破烂烂的空间跳跃推进飞船,它的岁数老得可能在时间领主对抗拉克诺蜘人和大吸血鬼时就在工作了。也许因为这是一个古董,所以他才喜欢;也许是因为,作为一个学者,他没有足够的资金来购置更好的飞船。无论是什么原因,旅程中的大部分时间里我都待在房间,力求在凹凸不平的床垫上休息一会儿,而他一直问我要不要喝茶,也许是出于对飞船条件的内疚吧。幸运的是,我永远会在旅行包中备一瓶香槟。我的香槟瓶是超维度的,我从未将里面美味的陈酿喝干过。瓶子还会保持香槟的温度,使它不会升温,气泡也不会消失。这个瓶子的设计故事背后大概有上千年的技术发展历程,但我并不是特别关心,我只在乎它好用。这是我收到过的最好的礼物。

我之前已经提到过,关于早期时间领主战争我所了解的那些内容。我知道他们花了很长时间才设法把自己从自鸣得意的懒散状态里拉出来,发起针对戴立克帝国的时间大战。但是,在他们种族历史尚浅时,他们更活跃,也更崇尚道德准则("道德"是一个相对的东西,它指代"一些人认为正确,并愿意为之战斗"的东西);他们也更愿意联合其他种族,亲力亲为。我想,那时候,他们是一个由像我丈夫那样的人组成的种族。

有趣的是,我对于他们那时的敌人颇为了解,但对于跟他们合作的那些种族却知之甚少,除了奎姆人。我在晦涩的历史文献里看到过一两次,其中提到过一个叫"岷沿人"[1]的种族,和一个叫"卡恩"[2]的星球,但也就只有这些了。联盟里的其他种族和时间领主是同等地位吗?还是他们只是顺便被带去的炮灰?我真心希望自己能够知道这些,而我唯一认识的知情者是不会说的。尽管他常常说话说得停不下来,但是他很少说什么有用的东西。

我对教授想给我看的那个东西非常好奇,那也是他特地来找我的缘由。虽然我觉得自己的自尊心强到足以为一个小型世界供能好几年,但即使如此,我也不觉得自己作为一个考古学家能在全宇宙都声名显赫。所以,为什么付卡德要来找我呢?

当天的早些时间,我们到达了一颗无名星球。从轨道上看,这颗星球遍布尘埃,仿佛在架子上弃置已久。它的恒星呈蓝色,干瘪瘦小,散发出刺眼的冷光。我在轨道上已经能看见部分古老倾颓的城市那模糊的几何轮廓。城市彼此之间由大型高速通道和能量网络连接在一起。作为体型巨大的强盛种族,奎姆人的建筑

---

1. 《神秘博士》宇宙中,在发展出自己的时间旅行技术后遇见早期时间领主的类人种族。
2. 在《神秘博士》宇宙中,曾是伽里弗莱星殖民星球。

都高大、耐久。但是，当我们在一个巨型城市中央的大广场里降落时，我可以看到，大部分连接摩天高楼的步道——它们足够宽，也足够厚，足以承受奎姆人巨大的类昆虫身躯的重量——都断了。碎片散落在宽敞的大道上。白色石碑般的高楼大部分依然完好，但是那些宽大的窗户早已碎裂，只留圆形的窗洞，仿佛盯着我们的几千只黑色的眼睛。这里没有任何其他颜色来修饰建筑的白、天空的灰和杂草的黑。杂草差不多已有奎姆人那么高，它们沿着地面的裂缝生长，围绕着高楼盘旋而上，参差不齐地分布在残存的步道上。

付卡德教授将飞船摇摇晃晃地降落在一堆人工搭建的穹顶附近。这些穹顶呈不同色度的红、黄和蓝色，在布满灰尘的黑白灰背景下，它们看上去像葬礼时的嘉年华气球。我这么说并不是在指责它们，毕竟我给自己的葬礼安排留下了严格的指令，里面就写着：葬礼至少得持续一周，要有很多气球、螺旋滑梯和充气城堡——注意，我说的不是小的那种，是城堡那么大的那种。

当他打开飞船气闸的那一刻，在我自己的限量版香水和付卡德相当浓烈的须后水之外，我闻到了星球的味道，我注意到它闻上去就很老。大气里有什么东西闻起来像发了霉、生了锈，可能还有其他我想不到的形容词。这是在历经岁月洗练后，所有古老世界都会有的味道。即使蒙上我的眼睛（我对这位教授还不了解，不知道他会不会做出这种事），我也能知道，这颗行星的年纪，远远大于大部分现在有文明栖居的星球。

从飞船里出来后，我们和付卡德教授的考古团队见了面。团队大概有二十个人，但在见面五分钟后，我只记住了其中两个人的名字，一个叫保罗·马克尔，那是位瘦瘦的男性，深色皮肤，棕色眼睛，永远皱着眉，而且很久没有洗澡了；另外一个叫索佳·托尔德，个子比马克尔矮，但是比他胖，金色头发，黑色眉毛。迄今为止，我也算活了好几辈子，我发现让那些人名占据我的大脑空间实在没有意义——我还不如去多记几种鸡尾酒调制方法，那还更有趣、更有用。很久以前，我就决定管所有人都叫"亲爱的"，除非因为某种原因，我的大脑决定利用本来存放着冈布尔鲹鸡尾酒（顺便说一句，这是我不想记得的鸡尾酒之一）的空间，来记住这些人的名字。

马克尔和托尔德看着我，如临大敌，仿佛我可能会从提包里抽出一把半自动激光枪击毙他们。他们显然已经听说了风暴监狱的事。说真的，如果他们了解我，他们就会知道，我更可能掏出香槟瓶、一些派对拉花，开始享受派对的乐趣；等所有人都醉得昏过去之后，再掏枪。

在气氛紧张的初次见面后，他们三人领着我，穿过我在智能纸上看到的那扇大门。现在，我终于能看清，它位于广场中心庙塔形的建筑上。它虽然开着，但恒星微弱的光芒无法照到内部深处。雄伟的开口让我感到自己的渺小，不过我猜，对于奎姆人来说，这门可能挺合适。

门廊里已经立起了聚光灯柱，马克尔从工作服中掏出一个遥控器按下按钮，灯亮了。

我倒抽一口气，虽然我心底某处早就隐约猜到了教授和他的团队找到了什么。

在洞穴内部幽暗地带的中间，就像餐厅中央摆着一块小孩的积木那样，立着一个蓝色的盒子。它大约八英尺高，四英尺宽，有磨砂窗户和门。它的顶部，一行白字在黑底上写着："公用寻警电话亭"。另一个标识出现在门前大约齐胸高的地方，它是白底黑字。

我走近以后，可以看到上面写着：

若有人找到这个盒子
请归还瑞雯·宋教授
由风暴监狱转交

这就有些出乎我的意料了。

我不得不暂停一段日记，因为付卡德教授想召集一次团队会议——他们巧妙地将会议和团队聚餐安排在一起。然而，那些食物不仅索然无味，分量还那么小！他得跟进一下在他去风暴监狱的这段时间里发生了什么，而且，他也想借此把我介绍给整个团队（顺便说一句，我可棒了）。我们聊了很多关于他们找到的东西以及为什么我的名字在上面的事。我想要说服他们，我和他们一样对塔迪斯的出现疑惑不解，也不明白为什么我的联系方式会在上面，但我怀疑他们中有些人觉得我在撒谎。马克尔肯定是其中之一，他一直用不太友好的目光瞪着我。托尔德和其他的甜心们似乎暂时相信了我。

团队成员围坐在临时搭建的穹顶下方的会议桌旁，我注意到他们的肌肉有某种奇怪的抽动。他们中有不少人似乎因为脖子上的什么东西分了神，不时拽着领子挠那儿的皮肤。我还注意到，有些人的连体工作服一直扣到脖颈处（这在任何文化里都不算好看的打扮）。不难看出，那些衣服盖住的皮肤有发炎的迹象。我记下这些，准备找时间另行思考。如果是博士的话，大概早把这些细节整合成了真相的大厦，可是，即使我和他在一起那么久，即使我是塔迪斯的孩子，也做不到他能做的那些事。我怀疑这个宇宙里没人做得到。

虽然我在团队会议时说自己什么都不知道，但我还是一直在绞尽脑汁思考，为什么塔迪斯会在这里，在银河边缘一颗废弃已久的行星上的古老庙塔中央。它是刚刚到这里，还是已经待了一阵子了？我的爸爸妈妈也在这里吗？博士是在里面，还是出去闲逛了？这是不是和时间领主那时对更危险的种族发起的战争有关？还是说，我把两件不相关的事情联系在一起了？为什么粉色和黑色能搭，海军蓝就不行？在我还小的时候，就已经意识到，宇宙里充满了问题，而我永远无法得到答案。

哦，我之前忘了说，塔迪斯停在一圈像是某种尘土般的东西里面。我知道我说过，整个行星布满灰尘，但是这种尘土不太一样，它是黄色的，在灯光照耀下，仿佛在闪闪发光。如果你用眼角余光去瞟，它看上去几乎像是在轻轻地颤动。我不认为自己见过任何跟它相像的东西。

无论如何，天色已经很晚，我也很长时间没有休息了。是时候先把问题放下，睡点美容觉了。当然，我其实不需要这么做，我在任何情况下都神采奕奕，但在能睡的时候抓紧时间睡觉，永远是聪明的选择，因为你永远不知道，什么时候可能会睡眠不足。

又不是说我可以重生一下，让这些皱纹消失。我在二十世纪三十年代纳粹那会儿就用过这个小把戏了[1]。现在，我保持青春的办法，就是依靠好的基因和全面到位的保湿养生。

这一定是值得记住的一天。

一觉醒来，我发现自己被看不见的东西抓着在室外飞奔，这确实可以毁掉一位女士的夜晚。无论它们是什么，都紧紧抓着我

---

1. 详见新版《神秘博士》剧集第六季《刺杀希特勒》一集。

的胳膊、腿和脖子，飞速穿过了广场。我看不清它们是什么，因为我正仰面朝上，看着星辰稀疏的夜空。我可以看见三个卫星，其中两个似乎都在古老的战争中损毁严重。那些东西似乎是用爪子抓住了我，我可以听到覆有硬壳的腿踩过广场石面发出的咔嗒声。摇摇晃晃之间，我在想，自己是不是被一群大螃蟹绑架了。显然这些不是奎姆人，除非本应灭绝的它们不知怎么活了下来，要么就是千年之后这些家伙体型变小了许多。不过，巨蟹族就确实变大了很多嘛，所以谁又说得清呢？

我迷迷糊糊的，大概是被下了药。也许是放在食物里的？我怀疑我比他们预期的清醒时间要早，这很大一部分得感谢我的口红。相伴这么多年，它让我对麻醉和麻痹药物更耐受了。

我听到近处传来更多的咔嗒声。我转过头，看到付卡德教授也被抬着，就在我边上。他看起来既困惑又愤怒，但我更感兴趣的是那些举着他的东西。那是他的团队成员，或者，准确地说，是他们的脑袋。

我顿了片刻才搞清楚到底发生了什么。不妨这么想吧——有个人的脑袋被砍了下来，然后长出八条光滑的黑腿和一对光滑的大黑钳子，有点像大螃蟹，或者巨型虱子。想象一下他们在平地上跑来跑去，高高挥舞着钳子。哦，再想象一下他们的后脑勺，本来是头发的地方，现在长出了很多黑色眼睛和颤抖的嘴，组成一副副异星面孔。那就是我看到的东西。

人头虱。我突然想到了这个名字,虽然心里有些怕,但是我仍然忍不住笑出了声。付卡德看着我,仿佛我已经发了疯。

那位金发黑发根的女性,托尔德,也在人头虱之列。她用毫无人性的眼睛瞪着我。

我真心希望这是一场噩梦,但极速跳动的心脏、钳子夹住皮肤的疼痛和吹过脸上的微风,都告诉我这不是。而且,我的大部分噩梦都涉及光着身子出现在派对上的场景,滑稽的是,我去的大部分派对最后都是与之相反的结果。

"这是什么情况?"付卡德教授冲着我大喊。

"我们被巨大的甲壳纲生物绑架了,这些生物是你考古队成员的头!"我喊了回去。在我尚且年轻、有着黑色皮肤时,曾在地球做过三年管理咨询。我非常擅长用人们已经知道的事情来回答他们的问题,然后以此收取一大笔费用。

"他们想要什么?"他的表情告诉我,他已经濒临崩溃。

"显然是我们俩。"

我抬头环顾四周,意识到人头虱正把我们抬向停着塔迪斯的那个庙塔建筑,我知道,在我们到那儿之前,我必须做点什么。我成功地将一条胳膊从其中一只生物的钳子里拧了出来。我用手指擦过嘴唇,然后把手伸下去,将口红涂到生物的黑色硬壳背部。

我新改进的配方里除了鲜红的染料和一点闪粉,还有一种溶剂,它几秒过后就见效了。我碰到的那只生物先是发出刺耳的噪音——仿佛是将最难听的尖叫和牙医钻头混在一起的声音，然后它一下子放开我，歪歪扭扭倒了下去，无力地在空中挥舞着钳子。

我使用柔术演员般的技巧（我的灵活性非常好），把手伸到背后，用沾满口红的手指抹上正举着我左手的生物的腿。后者摇晃起来，我听到一声嘶嘶的响声，接着是它的腿一只只断掉的咔嗒声。它放开了我，我的两条胳膊重获自由，我顺利地把口红抹在剩下那些生物的壳上。这些家伙四处乱跑，任我掉在地上，其中一两只绕着圈子乱转。鲜红的口红（我记得它叫"鲜红罪惑"）溶解着它们的金属外壳，滋啦滋啦地冒着泡。它们的人类脑袋表情痛苦，后脑勺上的黑眼惊恐地瞪着。

我赶忙过去拯救教授，不过扛着他的人头虫已经扔下他自己跑了。

"谢谢你！"他一边喘气一边说。

"它们应该庆幸，我没有随身带我的腮红。"我回答道。然后我拽着他的胳膊，往庙塔建筑跑去。

"它们就是要把我们带到那里去啊！"他大喊，然后挣脱了胳膊。

"我知道，"我说，"但是那里便于防卫。再说了，你不想看看它们要带我们去那里干什么吗？"

他惊恐地回头张望着，"我不明白发生了什么。它们怎么了？它们想从我们这里得到什么？"

"重点要明确,教授,我们先活下去再找答案。"我坚定地说,"我们现在还不能保证自己活得下去呢,所以赶紧来吧。"

我们跑进阴影里,跑向塔迪斯。我转身看了一眼刻在门框内部的象形文字。关门的那个象形文字就在那里,距离地面大概五米五的地方。我以那些超大号的雕刻字符作为攀爬的落脚点,手脚并用地爬上去,然后整个人跳起来,拍向控制图形。它向内滑了几英寸,然后亮起橙色的闪光,沉重的大门随即关上,将我们留在黑暗里。

我凭借记忆摸索着回到塔迪斯所在的地方。我走近以后,它顶部的灯慢慢亮了起来。它认识我。

我推推门,它打开了一条小缝。

付卡德教授出现在我身旁。他用惊奇而恐惧的眼神望进塔迪斯内部。

我意识到的第一件事就是——虽然它也有与环境格格不入的外形和门上的标志,但这不是博士的塔迪斯。他换塔迪斯内部装修的频率和我换发型差不多,而且理由也差不多,但是他有种特定的沉郁、哥特风偏好,我可以看出,这不是他的手笔。

进门之后,首先是向上的楼梯,穿过屋顶和蓝色顶灯所在处。楼梯由白色大理石制成,配有玫瑰色的包边——这是永不过时的经典款。付卡德教授开始小声叨叨。我捏了捏他的手,让他放心。

"我懂,这非常不可思议。"我边说边关上了身后的门,把那些人头虱挡在外面,"不用纠结。"

十七级台阶之上有个开口,我们看不出它通往何处。当我们从里面走出来后,我意识到,我们是在一个巨大的白色球体底部中心偏外的地方。这个球体非常大,大概可以容纳一颗小一点的卫星,或者我所有的鞋子收藏。塔迪斯内部超越维度的空间显然被重新安排成了单一空间。位于球体底部最中心位置上的是控制台——它呈六边蘑菇形,仿佛也是白色大理石雕琢成的。

"这是……古早文明的科技吗?"教授问道,"我们穿过某种门洞,进入了一个不同的空间?"

"不完全是,"我耸了耸肩,"这些都是由维度压缩完成的。至少别人是这么告诉我的。"

如果塔迪斯内部这个巨大圆球完全是空的,我可能还可以更好地推测出它的实际大小,但它不是空的。里面充满了各种毛茸茸的白色长条形东西,由足有人体那么厚的蛛网连在一起。这些东西的白色融入了塔迪斯内部的白色,让我很难看清它们到底有多大。不过我依稀觉得,每一块都有付卡德教授的飞船那么大。它们以不同的角度悬挂着:横着、竖着、斜着……那些蛛网般的材料似乎将它们头尾相连。这些东西长串长串地交叉着挂在空中,就像在看不到头的长线上挂着的诡异圣诞装饰。

"这些是什么?"付卡德吸了口气。

"似乎不妙。"我说。

"它们看上去像是……巨大的蛹。"他把我的话补充完整。说真的,有些人就是不知道什么时候该适可而止。

"是的,"我说,"那就是为什么我觉得不妙。"

他抓了抓脖子,"但它们怎么……"

"嘘。"我伸出一根手指按在他嘴上。他不再说话,我屏息凝神,仔细倾听。塔迪斯伟大的时间引擎已经安静运转了一百万年,所以这里不应有任何噪音,但是,我能听到,在很远很远的地方,有什么东西在窸窣作响,听起来就像风卷起一堆干树叶的声音,但我怀疑它真正的来源会让人更不舒服。我怀疑有些蛹即将孵化,但是,都过了这么久,应该不可能了吧?这里面有些事情,我实在不明白。

这世间确实有让我害怕的东西。我直面过哭泣天使和寂静,我直面过戴立克、赛博人和猩红归者。我知道恐惧的感觉是怎样的,我知道如何隐藏自己的恐惧,因为如果你在这些给你带来恐惧的东西面前露了怯,只会使其更有力量(特别是猩红归者,它们以恐惧为食,然后排出纯粹的恐怖)。大多数情况下,我可以控制自己的感觉,因为,我要么和自己信任的人在一起,要么能看到明确的出路。但是,此时此刻……我眼前这些东西的规模之大让我害怕。上百万奎姆人的蛹随时准备孵化。我一个人,面对百万之众。我能做些什么?

我转身背对付卡德教授,这样他就看不到我脸上的恐慌了。

然后我望向球体底部的控制台。现在，我觉得它是古老的巨型育婴室和蜂巢的混合物。我突然看见，靠近地板的一些蛹的后面，有个什么不一样的东西。我小心翼翼地走过去，格外谨慎地穿过蛛网——这些蛛网高高悬挂在我们周围，它们羊毛般柔和，略微卷曲，却又如断崖般高耸逼人。将这些蛹连接并悬挂起来的蛛网看上去虽然脆弱，但我还是尽最大可能不去触碰它们。我曾经见过企图穿过一层分子纤维织网（现在让我们先忽略时间地点）的人，最后，他从手指到手肘都变成了碎肉肠般的东西。这可一点也不好玩儿，所以我不想让同样的事情发生在自己身上。

在蛹与蛹之间的空地上，我们发现了一具奎姆人的尸体。我以前从未亲眼见过它们，但这无疑就是奎姆人的尸体。一如传说，它们躯体很长，结构很像蝗虫，体型大到可以容纳任何你知道的大街上的五六家商店。我没有想到的是，它坚硬的外层皮肤是黑色的，仿佛上了油的金属般闪着光。它死的时候，那些腿蜷进了身体下方。那具躯体里的器官应该早在这漫长的岁月里腐烂或变干了，但它看上去就像随时可能舒展身子，然后跑掉。

付卡德教授似乎震惊得说不出话来，这大概是件好事。一个男人要是叽里咕噜的，从来都不好看。

我走到奎姆人尸体前方。它的头和我以前开的那辆迷你库珀一样大。那时我还年轻，我的父母是我的挚友，那时我一辈子只有一个目标——杀了博士。它的眼睛就像巨大的多面黑曜石，只是早已不再闪烁生命的光芒。它有多个结构复杂的口器，我怀疑它们同时也是负责操作的器官——就像其他种族的手或者触须。它们无力地从咽喉处垂下来。

它的口器上还有生理液体的痕迹，这不是个好现象。

"它死于什么？"付卡德悄声问。

"和历史上无数人类女性一样，"我望向头顶悬挂着的无数的蛹，答道，"死于分娩。"

付卡德靠近奎姆人早已干透的外壳。我正要警告他别碰，但他探过身子，把手背在后面，仔细查看起它身上的两块硬板之间的某处。突然，他猛地后退一步，双手高高举起，做出防卫的姿势。

"它们又找到我们了！"他大叫道。

我小心翼翼地向他靠近——这是我从博士那里学到的：靠近危险，不要逃开，这是它们始料未及的。我曾经问他，"它们"是谁？但他只是无奈地看着我说："是比喻性的'它们'，指代'任何带来危险的东西'。"

"但为什么是'它们'？"我紧追不放，"为什么不是'他''她'或者'它'？"

"因为，危险永远结伴而来。"他是这么回答我的。

付卡德发现的东西，乍看仿佛某种外壳下的软组织里的肿瘤或凸出物，但是，我靠近以后发现，它看上去非常像外面那些在星球表面绑架了我们的人头虱——人类头骨大小的外壳、八条硬壳腿，还有两只钳子。腿和钳子此时蜷在身体下面，外壳也不完全是人头模样，只是差不多大。它黑洞洞的眼睛看上去仿佛戴了天生的护目镜。它也有多个口器，就像奎姆人一样。

"这是什么？"付卡德紧张地问我，"某种寄生虫吗？"

"更像是互利共生。"我大胆猜测道。我望向奎姆人巨大的黑色尸体，又看到四五个同样的生物，它们寄居在硬板之间。"我怀疑，这些东西为这个奎姆人做了很多取用与搬运工作，但我不确定它们能得到什么回报。也许奎姆人尸体上的某种分泌物给它们提供了养分。"

付卡德提心吊胆地瞥了眼楼梯，"但是为什么这些东西看上去……和我的队员变成的东西一样？"

"我不知道。"我回答，"但我认为这不是一个巧合。"

"当奎姆人没有仆人时，"一个干巴巴的细小声音说，"它们就得制造新的。"

在蛹和蛛网构成的死寂空间里，这个声音听上去让人心惊胆战。我们同时转过头去——我觉得教授可能都有点吓尿了。

这个声音是从塔迪斯控制台传过来的。我们小心绕过奎姆人的巨大尸体和地板上散落的几个蛹，直到能将其看得更清楚。

我倒吸一口气，教授则发出了喘不过气的声音。

之前我没有注意到，控制台中央部分——博士称为"时间转子"的部分——已被移除。从里面伸出来的是——我也不是很确定——一个东西的……头部和胸部之类的玩意儿。那一定是一位时间领主,但她看上去竟匪夷所思地卡在了重生过程中。她的左侧身子是一位老年女性,留着短短的银发,长着蓝色眼睛,满脸都是皱纹;右侧身子则是一个小女孩,大概十岁的样子,有长长的棕发和绿色的眼睛。她左右两边头颅差不多一样大小,但是中间的分隔线看上去有点坑坑洼洼,仿佛这具身体里无与伦比的时间领主新陈代谢功能曾竭力扭转糟糕的局面,最终还是失败了。

她的身体被蛛丝缠绕着,那些蛛丝从她身上延伸出来,隐没在塔迪斯的广阔空间里,仿佛古老的网线把她和那些蛹连接在了一起。

"你好!"我竭力保持声音的平稳,"你是谁?"

"我不会告诉你我的真实姓名,"她柔声说,"但以前有些人叫我罗丝娜蒂。"她的声音一开始听上去苍老沙哑,但她继续说下去后,那声音却变得年轻、犹豫不决。

"你在这里多久了?"付卡德问道。他的眼睛瞪得溜圆。我不确定他还能承受多少惊吓。再这样下去,我都不能确定我自己还能承受多少。

"对我来说,也就几周,"她回答。她的头发细软柔顺,颜色只比蛛网稍微深那么一点儿,"对外面的宇宙来说,我不知道。也许一百万年。"

"啊,"我突然意识到,"时间场。"

她点点头,"奎姆人在塔迪斯里放满幼虫后,逼我打开了场。"

"当然了。"我点头同意,"这非常明显。"

"对我来说可不是这样。"付卡德抗议道。他把连体服的衣领扯得离皮肤远远的,仿佛皮肤下面有什么东西让他受不了。

"这要从古时候的毁灭说起,"我用最优美的授课嗓音说道,"时间领主联合奎姆人及其他种族,一起对拉克诺蜘人、大吸血鬼族和那些瘟疫般横扫宇宙、造成生灵涂炭的种族发起了战争。但在事情结束后,时间领主们环顾四周,发现他们的举动引发了一系列新的问题。奎姆人这样的种族已经完全军事化,无法再回到过去的生活。然而,已经无仗可打,它们还能做些什么?"

"奎姆人非常聪明,"那个苍白的女孩轻声说,"它们有五个大脑同时运作。它们知道自己会是名单上的下一个,于是制订了一个计划。它们从派到这里的时间领主顾问那儿俘获了一个塔迪斯,在里面产下几十亿枚卵,将其藏在一个时间场里,直到宇宙安定下来,直到时间领主像所有伟大的帝国一样沉浸在自我满足里,它们就可以孵化出来,扫荡整个宇宙。胜者为王败者为寇,这就是它们的态度。它们觉得自己早已争取到了宇宙的所有权。"她露出微笑,半边脸看着苦涩,半边脸看着灿烂。

"这就是那个塔迪斯,"我说,"你就是那个时间领主顾问。"

她看了看缠绕着自己的蛛网。我现在意识到,这其实是奎姆人的能量和信息传输线路。我循着网线看去,目之所及,它们并没有将她和任何奎姆科技连接在一起，只是连接着那些蛹。我把目光转向她，发现她若有所思地盯着我。

"拉克诺蜘人生来饥饿，"她轻声说，"至少大家是这么说的——大家过去是这么说的。而奎姆人与之相反，它们生下来就在思考，即使还在蛹里，它们已开始计划、思索和分析举证。我现在和它们连在一起——它们中的一部分。我可以感知它们的想法、意图，它们可以强迫我为它们做事。"她犹豫了，轻轻摇摇头。年轻的那半边脸的头发散落下来，挡住了她的眼睛。

"那么，这是怎么……"我指了指她两侧各异的身体，她一边胳膊骨瘦如柴，仿佛饱经风霜的树干；另一边则像新生的饱满枝条。

"它们利用我作为我的塔迪斯和它们之间的交互平台，把它们的思想强加在我身上，架设时间场，这种行为带来莫大的痛苦，导致我开始重生。"她难过地说，"但是，就在我重生到一半时，时间场打开了。我半边身体已焕然新生，另一边却还是老样子。当教授的考古队伍发现塔迪斯时，它苏醒过来，时间场坍塌，我就发现自己成了这样，卡在两个不同身体之间，什么都不是。"

付卡德教授脸色煞白，神情紧张，依然不停地扯着衣领。"这些都还好，但是和外面发生的事情有什么关系？"他胡乱往楼梯的方向比画了一下，"我觉得我可以接受——奎姆人将幼虫冻在时间场里上千年，但这为什么会波及我的团队？"

"还有我。"我指出,"我不是在说,所有事情都与我有关——虽然事情确实如此——但为什么,我的名字会出现在塔迪斯的前门上?为什么这看上去像……"我犹豫了一下,没有说出"博士的塔迪斯"这几个字。

"必须有人打开前门。"她说,"在时间场打开之前,我凭自己的自由意志做的最后一件事,就是激活《紧急战争协议》。这项协议用以应对塔迪斯或时间领主遇险的情境。即使时间场最后塌陷,也不会对此造成影响——我的塔迪斯是封闭的,只能由另一位同族人打开。"她冲我甜甜一笑,"或者塔迪斯的孩子也行,这我确实没有预见到。你是被引到这里来的。一旦我的塔迪斯识别出你 DNA 里的时间漩涡印记,它就自动为你打开了。"

"怎么把我引来的?"我被罗丝娜蒂的故事吸引了,与此同时,我也注意到头顶上方的窸窣声越来越响。

"教授的考古队发现塔迪斯后,时间场塌陷,我的塔迪斯就自由了。它可以连接任何位于可通信范围里的设备,也可以连接到任何在当前时间区域里的其他塔迪斯——无论它们身在宇宙何方——然后吸取它们储存的信息。"

"塔迪斯做不到这一点。"我指出。

"它们以前可以。我们有一种东西叫'漩涡网络',它将所有塔迪斯联系在一起,供我们制订战术计划、彼此通信。这个功能依然还在,但显然已经没人使用了。"她半边脸上露出羞涩的笑容，"奎姆幼虫的集体思维通过我连接到塔迪斯，然后利用它发现了这个有趣的叫'博士'的人，还有你。它设下陷阱，利用变色龙回路调整了我的塔迪斯的外形，让它看上去像是博士那损坏的塔迪斯。门上的标志则用以保证来的是你——而不是他。奎姆幼虫的集体思维认为，你没有他那么危险。"她把头歪到一边，做了个鬼脸，"对不起，这是它们的评估，不是我的。"

"那考古队呢？"

"奎姆幼虫的集体意识需要用仆人找到你，并带你来到这里，而我的塔迪斯正好被休眠的微生物机器人包围着。"

"那些黄色粉尘。"我轻声说道，心里因为没有早点意识到这点而责备自己。

"它们通过考古队员的气管和肺侵入他们体内，调整他们的身体，将其重新构建为奎姆人更熟悉的形态——更接近几千亿年前它们古老的仆人的样子。如我之前所说，当奎姆人没有仆人时，就会制造新的出来。"

"那么现在呢？"我问道，"时间领主没有灭绝，你知道的吧？他们尚存于世，也不会容忍这种情况。"我其实是在虚张声势，但是我希望罗丝娜蒂，以及更重要的是——那些通过她的耳朵聆听我们对话的奎姆幼虫，不知道这一点。

我大错特错。

"根据我的塔迪斯从漩涡网络下载的数据来看，"她说，"时间领主早已垂垂老朽，他们的时代已经过去。他们唯一一次实现自我救赎、重现旧日光辉的尝试，在这次时间大战中失败了。他们现在藏身于另一个维度里的什么地方。他们无法阻止我们。"

"我们？"我问。

"奎姆人。"她更正自己的说法，皱起眉头，"实际上，当奎姆人统治整个宇宙后——这也是它们应有的权利，可能会邀请时间领主加入它们。当然，只是初级合伙人，念在往日情面上。"

"挺贴心的。"我说。

罗丝娜蒂正要张嘴说话，但附近有什么东西突然掉落在地。我转过身，看到一个蛹掉到了塔迪斯球形内部的底端，它往下掉时在纵横交错的网上弹来弹去。这个蛹的侧面有一条长长的开口，有什么东西已经从里面爬了出来。

我觉得我看到了头顶上的什么东西，它油乎乎、黑黢黢，漫无目地四处移动，用钳子紧紧抓着蛛网以支撑自己的身体，那个钳子和我整个人一样大。

"开始孵化了。"罗丝娜蒂小声说。她的脸一半恐惧地扭在一起，另一半则带着得意望向上方。

又一个蛹掉落下来，几乎完全挡住了我们进来的楼梯，那也是我们唯一的逃生之路。

还是说，其实并非如此？

我记得博士以前无意中吐露过一件事。如果说，规则一是博士会撒谎,那么规则二就是,他经常为了故作幽默而说些假话,规则三则是——即使他没有撒谎或开玩笑,他也经常是错的。但这就是我当下能想到的唯一机会,是唯一可以阻挡一支巨型超级智慧太空蝗虫军队横扫全宇宙的办法。

第三只空蛹掉在控制台上方,翻绳般横七竖八的蛛网接住了它,就在罗丝娜蒂头顶三米的地方。她几乎没有注意到它。她一半身体因为恐惧而动弹不得,另一半则沉浸在近乎狂喜的情绪中。

我瞥了一眼付卡德教授,刚要张嘴说"我需要你的帮助",就注意到他用奇怪的眼神盯着我,他一脸茫然,仿佛不认识我。然后他的整个脑袋从脖子上升了起来,八条硬壳腿支撑着它,两只钳子从他的下巴下面伸了出来。

我知道,奎姆人的纳米机器人侵入体内对他进行改造,是早晚的事,它们很可能也已经在我体内了,我只希望,作为一名塔迪斯的孩子,我的基因遗传特性可以阻止其正常运作。

付卡德的身体摔到弧形地板上,他的脑袋则跳到最近的蛛网上跑开,它对着我夹了夹钳子,然后用脑后几只邪恶的眼睛盯着我。看来,我也无法从他那里获得什么帮助了。

我快速走到控制台前。我多次看博士这么做过,所以我知道该做什么、别做什么——通常情况下,是他做了和没做的事情的反面。我的手几乎以本能般的动作开始快速拨动各种控制开关。

"你……你在干什么?"罗丝娜蒂的声音在老年和少年之间

切换，令人心生不安。

"博士曾经告诉过我，"我边努力操作边说，"所有塔迪斯不仅有一个前门，还有一个后门，供紧急情况使用。"

我抬头望去，几个巨大、闪光的黑色物体，正从不同方向向我靠近。

"我在做的就是……"我继续说，"将前门和后门连在一起，形成一个叫'永恒克莱因瓶'的东西。任何从前门出去的人或东西，都会发现，自己又从后门进来了。塔迪斯会成为一个封闭的系统。"

在塔迪斯内部无尽的空间里，那些蛹逐渐裂开。成千上万的奎姆人，在我的见证下出生了。

"你也会被困在这里的。"罗丝娜蒂惊讶地吸了口气。

"我本打算在我逃出前门之后，让教授来按下最后的开关。"我冷冷地说，"这对我和宇宙来说都好，但是对教授而言，就不怎么样了。现在，这个计划也行不通了。我从没想过，这就是我的结局，但，怎么说呢，世人终有一死。"

罗丝娜蒂年老的半边脸狠狠盯着我，但是孩子那半边的嘴角却勾起了稚气的微笑。"快跑，"她说，"我来按下最后的开关。"

"你确定吗？"

"我确定。"她从蛛网的禁锢中抽出自己的胳膊，伸向控制台。

"谢谢你。"我说。

我以自己最快的速度跑下楼梯。我摔下去，滚出了敞开的大门。大门在我身后关上，有那么一刻，我看到内部的所有空间自我卷曲了起来。

在到达付卡德教授的太空船这一安全地点之前，我还必须先通过人头虱这一关。但和我刚刚完成的事情相比，那就是小菜一碟。它们看上去并不知道发生了什么。我边跑边把它们踢飞，一路都是令人心满意足的咔嚓声。这么做确实会毁了我的鞋子，但这事儿不难解决。再说，我刚经历了地狱般水深火热的事件，唯一可行的疗法就是大买一通。

坎能达星站，我来啦！

当然，我最后还是回到了风暴监狱，我没什么其他选择嘛。主管依然扣留着我的时间漩涡控制器，但如果我想再见到父母和丈夫，就需要它。所以，在一场长长的购物狂欢和几场派对后，我开着教授的飞船回到了这昏暗阴沉、暴雨不断的星球，我现在已经开始把这里当成家了。

我不觉得主管再看到我时有多高兴，即使我完全是心甘情愿回来的。她想知道付卡德教授怎么了，但我并不是很想分享那个故事，所以我什么都没说（这一点儿都不像我）。她收回了给我的所有优待，没收了我牢房里所有的书和画，那可是我在这么多年监狱生活里收集来的。她还禁止我见任何人，不让我和他们说话，包括狱警。

所以，我现在坐在这里，在脑海中记下日记，等有朝一日拿回日记本，就可以完整地把它们写下来。这其实没啥大不了的，有时间留给我自己思考是件好事。有很多独处时间，就意味着我可以进行很多思考。

生活在我牢房墙缝里的节肢动物，倒是想到了一些有趣的点子，能帮我拿回漩涡控制器。等我们敲定细节，就可以大展身手了。

《阿斯加德的野餐》

珍妮·T. 科尔根

珍妮·T. 科尔根：英国作家，著有多部畅销小说，尤以浪漫喜剧小说、科幻小说见长。这位荣获2013年"英国年度最佳爱情小说奖"的女士，亦为《神秘博士》创作过多部小说及短篇故事。

5147年5月5日,星期一

风暴监狱。

那声"喂!"是我听到的第一个声音。

这兆头不错,绝对算是开了个好头。我大着胆子睁开了一只眼睛。

"你以为自己在干啥呢?!"

如果硬要我诚实作答,我会说:"我正竭尽全力不让自己吐出来。"

都是时间跳跃器的错——它是我在淋浴室里和弗罗德妮换的。为了它,我不仅给出了九十五颗鼠形糖果(现在它们莫名其妙地过期了四千六百年),连奥克塔维安神父在多年前送给我的那件举世无双且有圣灵庇护的古物——他当时还附信一封,恳求我务必在追求真正忏悔的道路上始终随身携带此物——也给出去了。谁让弗罗德妮想用那件古物装饰她的尾巴呢。它在她尾巴上闪闪发光的样子让她心满意足。

时间跳跃器无法带你穿过特斯拉力场。不过，如果你愿意待在原位，这东西就相当好用了——此刻我其实仍在起跳的原位，也就是我的牢房里，没有任何空间上的移动。但我所到达的这个时间点是监狱初建的第一天，那些栏杆都还没装上。

"你是从哪儿冒出来的？"

我发现那位建筑工人充满惊讶的声音听上去有点沉闷，接着我便非常恼火地意识到，我现在无法呼吸——毕竟他们还没给这块区域供氧呢！真是太讨厌了！

"抱歉！我得走了！"我对他这么说道。我的声音听起来就像我被人掐着喉咙似的。我飞快地绕过他的工具，仅仅只在顺手摸走他的通行卡和氧气瓶时稍有停留。

我几乎百分百肯定——或者百分之七十九——他的同事会及时把备用氧气送到他这里。

然后么，我想我俩都得休上一天假吧。

阿斯加德。

他在等我。他抱着手臂，背靠塔迪斯，不愿露出半点儿焦躁的模样。他讨厌等人，如果他没有踩点到场，就会觉得自己亏大发了。

"快点儿！"他说，"都已经开门啦！我们要错过了！"

"你好呀,亲爱的!"

"我以为,"他垂下手臂,"你只有在不记得别人名字的时候,才会这么叫他们。"

"这可不对。"我一边回答,一边扔掉偷来的面罩,"在我不记得对方的性别时,也会这么做。再说,我得先去趟集市。"

他满眼怀疑地看了看我带来的野餐篮,"这次我们又得吃些什么呢?"

"别闹。"

"我只是想……"

"不,"我强硬地说,"如果地点由你选,食物就得由我定。而且,我觉得这地点选得真是天马行空。"

他开心地转过身,面朝矗立在我们面前的金色大门。后者雄伟壮丽,在晨光的沐浴下光彩夺目。他说:"可不是吗?"

阿斯加德™,是一座行星大小的主题乐园。这个地方疯狂到近乎异想天开。这里号称"万般传奇的盛会"。这里的天空是绵延起伏的粉色,在恰到好处的地方,还总有一抹极具史诗感的阳光破云而出。你可以在这里参加壮观的火葬[1],加入万鼓隧道船的惊心动魄之旅,骑上机械飞鹰在落石中险象环生地穿行。这里

---

[1] 传统维京葬礼形式之一。

还有一座飞流直下五千米的瀑布——酒店就建在瀑布后面的山洞里，其中的照明全靠天然光线的折射。

"这地方真俗！"我感叹道。说着，我们穿过闪亮的大门，与成千上万兴奋无比的游客一起走向了彩虹桥。孩子们开心得上蹿下跳，他们戴着带翅膀的玩具头盔，肆意挥舞着弹性十足的玩具锤。然后，家长会斥责他们："不要触怒神明！""难道你今天一整天都不肯消停？"

我用胳膊碰了碰他，让他看看我们身边的那家人。他们是弗拉莱克斯人，外表呈蓝色。几个家长领着一群年纪迥异的孩子，其中有一个几乎已发育完全，俨然正值青春期。他的衣服松松垮垮，并不合身，整个人无精打采地驼着背，虽然坚硬笔挺的外骨骼支撑着他，让他不怎么驼得下去。

这个男孩的表情一眼就能让人看出，他完全不想被硬拽到这里来，尽管他年幼的弟弟妹妹们开心得不行。那些孩子在他脚边蹦来跳去，兴奋地指着自己想买的东西。他时不时会摸出一个电子设备看上两眼，而他的家长会让他收起那东西。他一边生着闷气，一边不情愿地照做。

"看来，每个星系里的青少年都如出一辙。"我说。

"可不是吗？"博士笑着回答，"多棒啊。"

然后，我俩尴尬地沉默了一会儿。我狠狠告诉自己，现在别提这茬。

"当然，先生、女士。"售票亭的工作人员在博士向他挥了挥通灵纸片后说，"你们今日莅临，实在是我们的荣幸。我会保证你们拿到全园畅通的VIP证，让你们玩所有项目都不用排队。"

"哦……"博士看上去竟然有些受伤，"哦不，我们从来都不插队。"

"博士！"我低声喊道，"我可不想为了这些愚蠢的项目排好几个小时的队！快收下VIP通行证！"

"但那多不公平啊！"他说。

售票员有些起疑，这让通灵纸片的效果也遭到了波及。

我立刻喊道："给我收下它们！"

"这是附赠给你们的带角头盔！"售票员补充道。

"不用了，谢谢。"我说。而与此同时，博士答道："这也太酷了吧！"

我们加入浩浩荡荡的游客队伍，踏上了彩虹桥。

"先说好，我是不会插队的。"他很不情愿地说。

"我知道，"我回答，"所以我才带了一本书来看。"

我想，任何人都会为彩虹桥的壮丽深感震撼的，除非此人相当粗鄙，而且没遭受过在很长一段时间内只能盯着一面砖墙看的折磨。

乐园里的这个片区仿佛始终处于玫瑰金色的清晨里,旭日初升,柔和的光线铺展开来,温暖着你的肩膀。五千人的交响乐团为你奏响激昂的乐章。极目远眺,你可以看到无尽奔流的雄伟瀑布,那下方的河流湍急、深邃,却清澈见底——看起来犹如世间最清透的美味,也仿佛液态阳光。小卖部里有杯装河水出售,所以你真的可以尝尝它的滋味,不过它的价格高得离谱。我不得不承认,身在此地,真的能让人将另一个世界抛诸脑后。我不由得笑了,心里一阵兴奋。

"我可不会去采矿。"我警告他。

"走嘛!'你可以与五千地精一起,在上百个真实的隧洞里挖掘真金美钻——乘雄鹰飞来此处即可!'"博士大声念着地图上的广告语,"怎么听都很有趣呀!"

"你忘了我差点儿就被判到苦力矿区了,是吧……"我刚开口,他却没影了。我四处张望,寻找着他。他别又开始自找麻烦,今天可不是找麻烦的日子。还有,我得和他谈谈关于……

我看到他了,他就在彩虹桥石头那边,半跪在一个胖乎乎的类人族小孩面前,后者正哭得撕心裂肺。

"没事了。"他说,"你没走丢,呃……或者说,你很快就能和家人团聚了。只要我在,我总会帮忙的。来,看看这个吧。"

他掏出音速起子,用它发射了几朵小小的彩色烟花。当初他在改造起子时,我还觉得这个功能完全是浪费空间,不过,我显然有些目光短浅。

那孩子顿时睁大眼睛,还伸出了一只黏糊糊的小手。

"是吧?这也是我最喜欢的。"博士说,"不过这可不能碰。你母亲叫什么名字呢?你知道吗?"

"妈妈。"小孩回答道。

"好吧……"博士说,"这也算开了个好头吧。你还知道别的吗?"

"要妈妈!"

"那让我用这个读一读你的DNA……"

那孩子立马抓紧音速起子,根本不愿放手。

"这么跟你说吧,如果你把它还给我,我就可以找到你妈妈。"

"找妈妈!"小孩任性道,"给我光亮亮!我要光亮亮!"

"就让我……"博士说着,关掉了发射烟火的开关。

"呜哇!"孩子立刻大声哭闹起来,那声音真是震耳欲聋。

突然,一个巨大的身影怒气冲冲地奔过来,一把拽住了那孩子的手。

"姆尔!原来你在这儿!喂,你以为自己在干啥呢?!"

这可不是我今天第一次听到这话了。

"你的孩子迷路了,我只是在……"

"他可没迷路!"

"但我是在……"

"要光亮亮，妈妈！"

"你把光亮亮给他。"

"但我是在……"

"快拿出来！"

"有点礼貌嘛……"博士小声嘟哝道。

我一步跨到他前面。"不好意思。"我的声音里带上了某种不怀好意，我知道它的收效肯定立竿见影，"你们等会儿是想加入火葬仪式吗？如果你们不想，我倒是很乐意为你们安排一场。"

"瑞雯！"博士喊了我一声。

那位女士打量了一下我的个头。

我朝她粲然一笑，扒开外套让她瞥了眼我的监狱文身——它是一次性的，因为我得靠它获得弗罗德妮的信任。嗯，但愿它真的是一次性的吧。

她后退一步，"谁要跟你们这种坏蛋穿一条脏裤子，同流合污！"她啐了一口唾沫，转身大步离开，"我们走，姆尔。"

"穿裤子有什么错吗？"博士一脸疑惑地问。他温柔地向那孩子道别，后者却被家长粗鲁地拽走了。孩子脸上的大团鼻涕闪闪发光。

"要光亮亮。"孩子难过地抽噎着，一直回头张望。他妈妈用力摇晃着他，然后往他嘴里塞了些糖。

我却沉浸在自己的思绪里。我在想,趁现在吗?我是不是应该现在就问?这件事时刻占据着我的脑海,而我知道,此时此刻正是不容错过的良机——我需要问问他,向他寻求关于我个人生活的建议。哦天哪,这主意真是糟糕。

问题是,尽管通常来说,我也乐意做些他不会做的事儿来逗他笑,但我从来都没有自己表现出来的那样勇敢。其实,我一直觉得,他才是这个宇宙里唯一勇敢无畏的生灵。

无论如何,一想到他可能会嘲笑我,我就无法忍受。

真的,我无法忍受。毕竟,我的童年是那样……对我这种人而言,仅仅是这种想要抚养一个孩子的想法都相当荒唐可笑。谁愿意把孩子交给我这么危险的人?我怎么知道什么时候该做些什么?我对带孩子这种事真的一窍不通。我要怎么哄孩子睡觉?

还有,万一他以为我是在问他想不想要孩子怎么办?那也太扯了,蠢得不行。

想想吧,他这种人又能做个怎样的父亲呢?他活在当下,只为今天做打算。这是孩子的做法,而不是孩子需要的。他们需要千篇一律、枯燥乏味的老套安排,那些日复一日、按部就班,那张巨大的、由无聊织成的网——那些无聊的关爱、日程表和蔬菜。我们根本无法提供那些东西。

但,如果现在不问,我又得等到什么时候呢?我不会再度变得年轻了。

而他却会。[1]

这倒不是说,这件事会一直梗在我的心头。

"嘿!"我忽然喊了一声——有什么东西落到我头上了。

"你看上去有些心不在焉。"

"这可不是你往我头上扣头盔的理由!"

"放松点儿,布伦希尔德[2]!"博士说,"话说,有那么个姑娘……"

"你知道的吧,维京人的头盔上可没有角。"

"传说中的那些有嘛。"他边说边大步往前走去。我也因此错失良机。

阿斯加德™的主广场上人头攒动。放眼望去,到处都是半木头式的房屋。此外,还有一个特大铁匠铺,人们可以在那里定制兵器或珠宝。好几家烘焙坊在销售蜂蜜蛋糕,蜂蜜酒小卖部也遍地开花。博士一刻都闲不下来,他从广场这头跑到那头,当那些负责与游客打招呼的员工向他问好时,他也会兴高采烈地回以笑容。对他来说,对方是不是工作人员完全没有区别。

"瓦哈拉露天剧场即将上演:《雷神索尔勇斗巨龙》!"广

---

1. 在《神秘博士》剧集的设定中,瑞雯与博士的时间线相反。所以从瑞雯的角度看,她会日益变老,博士却会逐渐年轻。
2. 北欧神话中的一位女武神。

播系统里高声播报。人群随即朝那个方向移去。

"多棒啊!"博士满怀期待地看着我。

"你怎么可能想看那种模型假怪兽表演?"我难以置信地问。

"你在开玩笑吗?只有在那种地方,当人们因看到怪兽而疯狂尖叫时,我才不用做任何事!简直无与伦比!请疯狂尖叫吧!我肯定会把脚跷到前排座椅上的——除非他们不让我那么做。"

他兴致勃勃地带着路。至于我,再过一百万年我都不会告诉他,他戴那顶头盔其实挺好看的。

宽阔的露天剧场里坐满了来自星系各处的人。我一开始还不明白,自己心里那种奇怪的感觉是什么,后来我才意识到,那是关于"正常生活"的感觉。就像这样,来主题乐园开心玩耍,和自己在乎的人在一起,喝着漫天要价的蜂蜜酒——每分每秒我都乐在其中。

有人将我们带到了前排正中的 VIP 专座上。

"这些 VIP 坏蛋!"后排有人喊道。这让我俩有些窘迫,毕竟人家说得没错。我回头望去,说话者正是之前那个闷闷不乐的少年。

一旁的家长轻声斥责他道:"如果你这么讨厌这些东西,完全可以自己去找份工作,托米斯。"

"是吗?要我步你的后尘?"少年嗤了一声,重新低头看向自己的设备，不再观看面前的演出。

我必须说一句，他真的亏大了。我也算有点儿见识，但阿斯加德™的巨龙秀绝对是最令我叹为观止的。

开场时，管弦乐队奏出最激昂的乐曲。如果你不曾听过三千把小提琴奏出的和声，我建议你来感受一次。在某种精妙的微调后，太阳突然升到头顶，金色的天空闪耀着绚丽无比的粉色和紫色。天上的星星随之闪烁，然后，成千上万的蜡烛自行亮起，将露天剧场点缀得宛如闪闪发光的童话世界。人们不由自主地啧啧称奇。

我忽然发现，我和博士正手牵着手，而此时此刻，我们不是在逃亡。

紧接着，一个男人挥舞着一把巨型宝剑，飞奔到露天剧场的舞台上，将武器高高举起。从我们坐的地方看下去，他的身影显得小极了。然后，越来越多的人出现在他的身后。在管弦乐队的鼓点声里，一整支军队出现了，他们高举旗帜，完美地按着音乐的节奏前行。成千上万的兵将整齐划一，将他们的训练有素展现得淋漓尽致，整个场面让人升起一种别样的激昂感。随后，曲风忽然一转，数位女性奔上舞台——她们留着长辫，身着绣工精美的衣衫。剧场上蓦地燃起熊熊篝火，演员们围着火焰跳起了胜利的战舞。

就在我们为这一场景深深吸引时，一个穿着皮草的人突然奔上了舞台。他看起来像个唐突的闯入者,手中握着剑大声喊叫——有一头龙正往这里飞来。演员们随即停下舞步,列好长队,拿出武器。舞台上空随他们举起刀剑的动作爆发出条条烈焰,背景音乐也旋即变得不怀好意、令人胆寒。

漫长的停顿后,猛然传来一声巨响,仿佛一只巨大的金属脚掌重重落在地面。

"哇哦!"博士喊道,"那是什么?"

接着,巨响从入口处接连传来。演员们不断后退,观众们也不由得往后缩了缩身子。一团火焰忽然冲天而起,所有人都吓了一跳——火势之大,让我们在贵宾包厢里都能感受到那股热浪。

"哇哦!"博士感叹道。

一阵惊天动地的响动之后,一只巨型金属爪伸了出来,地面随之颤动。来者渐渐靠近,铿锵之声不绝于耳。博士兴奋地抓住了我。接着,一团烟雾笼罩了剧场,待它散尽,来者终于现出身形——它至少有四层楼高,整体呈龙形,是头货真价实的金属怪兽,睁着散发红光的巨眼。它仰天长啸,翻腾的赤焰破空而出。

这头怪兽在舞台上横冲直撞,演员们害怕得缩成一团。它时不时靠近观众,还伸出精致得出人意料的爪子,拍走了某个观众的帽子——这为它迎来了热烈的掌声。

不过,气氛很快再次阴暗下来,舞台上的众人仍然畏缩不已。第二团烟雾蓦地腾起,入口处忽然出现了一个身影——那是一个体型高大的男子，他长着金色的头发和胡子，肌肉结实得有些过头（有些人可能会这么说）。此外，他身着锁子甲、缠腰布，手里握着一把竟然和我的体型差不多大的锤子。他大步流星走进剧场，迎来了观众们铺天盖地的掌声与喝彩。

"为什么我就永远得不到这种待遇呢？"我左边那个声音说。

"嘘，"我说，"好戏刚要开始呢，他看起来真壮。"

"残暴威猛的巨龙！"索尔这么喊道。他的声音经过放大，回响在整个剧场里，"和我一决高下吧！"

巨龙转过身，眨了眨血红的眼睛，浓烟从它硕大的鼻孔中喷涌而出。它怒吼一声，爪子刨向地面，做好了进攻的准备。索尔也在它的对面站定了，但双方实力看起来非常悬殊。巨龙将索尔逼进角落，索尔呼的一声将武器全力挥出。不会伤人的绿色火花随即覆盖了前十排观众。在花里胡哨的烟火陪衬下，他挥舞着武器，端端砸中了巨龙的脑袋，后者跌跌撞撞地向后退了几步。接着，它重新积蓄力量，再次扑向索尔。不过，索尔飞奔起来，动作快得令人眼花缭乱，他不停地旋转、进攻——在某一刻，他似乎被逼入角落，但又立刻从怪兽身下滚开；在另一刻，他成功砍下了对方某根锋利尖锐的脚趾，他的剑随之跌落在地，但他立刻随机应变，借着巨龙尖利的指甲与对方搏斗起来……这些桥段都非常惊心动魄。巨龙不时面对人群，但也不会靠得特别近，它喷出的火焰始终烧不到观众身上，挥出的爪子也总会及时缩回，不过,这也足够引起观众的阵阵尖叫了。

观众们在索尔准备做出最后一搏时陷入了疯狂。他们都热切地期待着终极一击——数次死里逃生的索尔正向那头喘着粗气、弓着背的疯狂机械巨兽靠拢过去。

突然,令人惊异的一幕发生了。巨龙的尾巴扫过栏杆,将一整排观众从座位上扫了下去,人群旋即爆发出震耳欲聋的尖叫声。巨兽左摇右晃,仿佛即将摔倒,恐慌在看台上蔓延开来。我俩还留在原位目不转睛地看着,因为我们并不确定这是不是表演的一部分——也许那些观众其实是背景配角,而这一幕只是为了震撼真正的观众。然而,博士却抓住了我的胳膊。

"快看!"他说。

巨龙转起了圈,机械身体四处乱摆。接着,它从看台上随意拎起了一个观众——那是个小孩子,正巧是我们之前碰到的四处乱跑的那个。显然,这孩子又跑丢了,不过这次,情况凶险得多。

巨龙剧烈地抖动着,爪子还抓着那个小孩——与龙爪相比,他看上去小极了。观众连连抽气,发出阵阵惊呼。

"快……"我边说边转过身,但,不出所料,博士早已不见了。

控制室肯定就在某处,因为左摇右晃的巨龙正竭力重新控制身体。恐慌的人群推搡着挤向出口,演员们则消失得无影无踪。然后,我看见露天剧场最底部的舞台上,一个瘦长的身影正挥舞着他的胳膊。

怪兽是机械的,没有任何独立思维,但是它对动作和声音都有反应。我跑下通往舞台的台阶,翻过栏杆。保安早就没影了,这让我有一点儿失望。也许没日没夜的微笑让他们筋疲力尽了吧。

博士想要靠近巨兽,但他一向前走,巨龙就会低下头,发出准备进攻的威胁声——和它的预设程序里对索尔的反应一样。说到索尔……我很不满地发现,他正蹲在侧门的角落里,胆战心惊地紧贴着墙壁。那把锤子被他丢在了舞台正中间。

"我来吸引他的注意力!"我大叫道。希望锤子能触发机械怪兽的反应——它确实能,我猜对了,但我举不动锤子,只能让它左右摇动,这引得机械巨龙将它庞大的头颅转向了我。

"让他见识一下你的厉害!"博士边说边绕到了巨兽身后,想要抓住它猛烈甩动的尾巴。

那孩子在拼命尖叫,不过他似乎还算安全。我觉得,要爬到上面去几乎没戏——这种时候,我就特别希望我那可靠的套索能陪在我的身边。我环顾四周,看见仿真篝火四周的地上有很多石头,于是我捡了些石头,开始琢磨应该朝巨兽身上哪个地方扔,才不会误伤号叫不已的男孩。我瞄准巨龙的膝盖扔过去,这一击起了作用,怪兽有些失去平衡,它的身体开始倾斜,似乎摇摇欲坠。

"再来一次!"博士喊道。

我继续拿石头扔它的膝盖,它巨大的尾巴砸在地面上停留了一会儿,博士趁机一把抓住。他小心翼翼地沿着巨龙的身体向上攀爬,我便停下了手中的动作——毕竟我可不想怪兽带着身上的两个人一起倒下来。我跑到怪兽身下,想要找出接住那个孩子的最佳位置。

博士像吊在巨型树枝上一样挂在怪兽的尾巴上,手脚并用地往上爬。

"救命!"一位女士在舞台侧面尖叫,"救救我的孩子!"

我紧张地看着博士和那个男孩,肾上腺素飙升。接着,就听博士大喊:"可以了!听我倒数,瑞雯,准备好!"

他奋力一跃,放开双手,只靠双腿勾住了还在横冲直撞的怪兽的尾巴,接着他猛地向后一倒。怪兽身体一歪,之前被我打伤的腿抬了起来……随着咔的一声,巨大的开关立刻关闭,这头巨兽全然不动了。

所有正往出口逃去的人也不动了,全场霎时寂静无声。不过,这种安静并没有持续多久。

一声听起来就非常不妙的咔嚓声后,我屏住了呼吸。那头四层楼高的巨兽抖了一下——就一小下——接着,我之前用石头砸过的它的那条腿颤抖起来。整个过程仿佛一棵大树正被砍倒。

拥挤的人群再次转头挤向出口。至于我们,却只能眼睁睁任其发生,束手无策。

我深深地吸了口气,尽量站直,对小孩大喊:"姆尔!姆尔!你可以跳下来吗?"

小孩瞪大满是惊恐的眼睛看着我,摇了摇头。

"跳到我这里来,"我说,"来吧,亲爱的,你做得到。"

他一声不吭,又摇了摇头。怪兽的腿再次晃动,里面传来金属嘎吱嘎吱扭曲的噪音——肯定有什么地方出了严重的问题。

"你必须跳!"我说,"来吧。你必须这么做,快跳吧!"

他还是摇了摇头。

"来吧!"我拼命喊道,"来吧!你做得到!"

那孩子稍微向爪子边缘挪动了一点。

"做得好!"我说,"来吧!我知道你非常勇敢,我会接住你的!"

他又往外挪动了一点,我朝他露出鼓励的微笑,"来吧!"

他准备好了,他的手举了起来……突然,他的母亲冲到了我身边。

"姆尔!"她吼道,"给我下来!现在就给我下来!"

这一吼立刻起了反作用——那孩子顿时缩了回去。

"现在、立刻、马上!"

他又摇起了头。我看了眼怪兽,随着咔嚓声越来越响,它愈发不稳地向前倒去。我朝那孩子的方向伸高了手。

"姆尔，拜托了。"我说。他离地面那么远，而他又是那么小。

"瑞雯，用这个！"

博士滑下怪兽的尾巴，却导致后者本已极难维持的平衡被完全打破。他一边下来，一边把音速起子扔向我，起子掠过巨龙的腹部，直直朝我飞来。

我用左手接住音速起子，打开开关，烟火从起子顶端喷出。

"快看，姆尔！"我说，"快看！"

巨兽往前倒去，那孩子盯着烟火大叫："光亮亮！"博士率先跳了下来，然后和我一起接住了跳进我怀里的姆尔。机械巨兽倒在剧场地面，巨大的撞击力让这里地动山摇。

姆尔把我俩推开，扑向他的母亲，后者颇遭打击，但母子俩都没有心思在乎别的。她紧紧抓住那孩子，不断拥抱、亲吻他。机械怪兽巨大的身体一动不动地躺在那里，压坏了一大片座位。

"谢谢你们，瑞雯和博士，谢谢你们救了我的孩子。"博士有些不满地嘀咕道。

"不用客气，您太热情、太讲理了。"我边说边拍掉身上的灰尘，"我在想，你还是自己去要回音速起子吧。"

剧场外面的人尖叫着冲向出口。我们挤过他们，开始寻找指挥中心，后来在某座美丽村落的广场后面找到了它。那里遍布原木搭建的茅草棚屋，俊俏的金发男女表演着某种传统舞蹈。至于他们的衣着……按常理说来，对居住在北半球高纬度的居民而言，他们穿得太少了。不过，那就是所谓的后地球时代幻想乐园吧。

广场后面是高高的树丛，里面的设施可供不同种族的生物使用，此外，还有一条没有任何路牌的小径。我们对视一眼，点了点头。

指挥中心是一座不起眼的灰色地堡，没有窗户，顶部有几块操作板，门边有一只键盘。我们悄悄靠近时，几个穿着黑色制服的人快步上前，输入通行码打开了门。我们紧随其后，溜了进去。

里面是一大块空地，也有通往楼下的台阶——不难推测，那一定是通往乐园地下各处的，事实也正是如此。我环视这个位于地下的控制中心，看到无数显示屏和正在运行的电脑，还有一幅巨大的3D照片，那是索尔在笑着鼓励员工们"战斗！胜利！微笑！"。一些长长的隧道通向各处，交通设施高速运转，将维京人、舞者、清洁工、餐饮服务员送往乐园的不同地点。他们等候通勤的模样仿佛穿着奇装异服的上班族，估计这样一来，就没人会注意到索尔排队上厕所的模样了吧——那应该挺别开生面的。

"你们是谁？"一个不友好的声音问道。我循声望去，对方来自一个我不认识的种族，但长得挺像河狸。它和人类一般大小，踩在两条高跷般的机械长腿上，看上去既乖戾又可爱。

"你好呀！"博士说，"我们正在进行VIP参观，这个部分太棒了！"

"不，不行。"河狸说。此时，一排监控器接连响起了警报。"请立刻离开这里，本区域不对公众开放。"它的两只小爪子交叉在胸前，虽然看起来不是很有气势，但它的表情非常严肃，那可爱的河狸连体服口袋里的爆能枪也不是逗人玩儿的。

"快出去！"

监控器那边的动静更大了。

"你有没有在监视屏上看到那一幕？"另一个声音问道。那是一个灰不溜秋的生物，体型略小，更像是地鼠，不过它和河狸一样踩着机械强化的长腿。它噼啪噼啪走了过来。"有人救了一个小孩儿！我们应该给他们个奖杯什么的。说真的，老大，一个项目发生了天大的意外，却能有出乎意料的好结局……这个主意应该不赖。或许还能提高观众的危机体验……"

当它终于意识到，我们就站在它面前时，它的话戛然而止。

"啊你们在这儿！"

"毕竟世界挺小的。"博士说。

"你们刚才干得真棒！"

河狸板着脸看了看监视屏，"那是你们？"

"结局皆大欢喜！"博士说，"顺便问一句，那些保安都去哪儿了？"

河狸面露不悦，"将人群疏散到出口，阻止恐慌爆发……他们正在尽职。"

然后,河狸、地鼠和我四下看看周围监视器里的画面——人们还在大喊大叫、四散奔跑。

"那阵恐慌没有进一步蔓延,挺好的……哦对了,我是博士。"

"我是教授。"我说着,面露友好的微笑。

"所以说,你们的巨龙出了什么问题?"博士问道。

河狸嗤了一声,"我是凯乌斯·鲁斯,乐园总管。"它说,"没什么好担心的,只是个小小的机械故障,现在都修好了。"它瞥了我一眼,"你在扮演布伦希尔德吗?"

"怎么又有人提这个?"

"你的语气很像她。"

博士环视四周,"你们打算关闭乐园吗?"

凯乌斯摇了摇头,"不,这只是一次小小的技术故障,没有人受伤。"

"我们应该关闭乐园,"地鼠说,"把所有东西都检查一遍。"

"我同意。"博士说。

凯乌斯挠了挠头,"不能关。"它说,"这是我们一年里最忙的时候,如果关门,会损失利润。然后,你就会听见'乐园很危险'的流言,在你反应过来之前,所有人都不会再来这里,那我们就永远关门了。"

"也许就是因为你们乐园很危险。"我说。

"那只是一次机械事故。"凯乌斯小声咕哝道。

"我们依然应该做安全检查。"地鼠说。

凯乌斯看向它,怒道:"博斯图姆斯·弗恩!"

"我就这么一提……"地鼠道。

"你家里有几个孩子,博斯图姆斯?"

"十一个。"博斯图姆斯用温柔的语气答道。

"嗯,如果它们发现爸爸丢掉了饭碗,又该拿什么糊口呢?"凯乌斯转身面对我们,"阿斯加德™乐园雇了七万六千名员工。"

它伸出一只爪子,指向正在候车的长队。一班列车到达站台,将候车者接走,与此同时,里面也出来了一群满脸倦容的员工。

"本星系这块区域相当不景气,乐园是这里最大的雇主,我对所有雇员都负有责任。"

"你也得对他们负责。"博士指着监控着乐园每个角落的屏幕说。屏幕里处处都是一家家幸福漫步的游客——小孩子手里拿着角型气球,家长推着婴儿车,人们在阳光里享受着美好的一天。

"没错,"凯乌斯说,"你看吧,没有什么恐慌,因为一切都很好。我们会调查这次机械故障,然后一切照常进行。"

它四下环顾一圈。"我有整个星系最好的团队,博士。"它说,"谢谢你刚才的帮助,但如果没有充足的理由,恕我不会关门送客,让我的员工们挨饿。现在,请你离开这里,我只会和颜悦色地说这么一次。"

博斯图姆斯把我们带到门口，它的胡子看上去蔫搭搭的。

"博斯图姆斯，你觉得那只是一次机械故障吗？"博士悄悄问道。

博斯图姆斯四处看看，"那应该……那就不该发生。"它说，"我的意思是，那是当今最复杂精巧的技术，它应该是牢不可破的。我是说，那不可能只是个故障，不可能的。"它摸着工作服口袋里的笔说，"这不是我们在阿斯加德™做事的方式，这不是。这里应该是整个星系最快乐的地方。"

博士扬起眉毛，"我之前在哪里听过这个说法？"

博斯图姆斯带我们从后门离开，回到乐园的优美景色里。午后的阳光刺得我们眨了眨眼。金色的雄鹰在我们头顶盘旋，它们可以套上挽具供游客骑行；带翅膀的白色瓦尔基里骏马正在前方那壮美无边的极乐原野上吃草——每天晚上闭园时，游客可以骑上它们，欣赏壮观的北极光秀。

前方的路牌指向"魔法森林"，穿过那里就可以到达瓦哈拉盛大的宴会厅，那里全天候供应蜂蜜酒和甜食糕点。

博士回头望向指挥中心的小门，它已经被成片的树木遮挡得看不太清了。

"那些地下列车通往乐园各处，对吗？"

博斯图姆斯点了点头。

"所以，如果我们想回去好好看看，又不想凯乌斯发现，然后派一堆长毛小兵来追我们……"

博斯图姆斯看上去更慌了。"听着，"它说，"凯乌斯确实很严厉，但它是个好老板。我可不想惹上什么麻烦。"

"不会，不会，我明白。"博士说，"但你觉得有什么东西出了问题，对吧？"

博斯图姆斯点点头。"你们可以试试瓦哈拉宴会厅下面，"它悄悄说，"那里时刻有很多餐饮工作人员和演员进出，他们不会注意到你们的。特别是你……"它指了指我，"你只要再穿一件金属胸甲就可以了。"

"我看着才不像……"我刚开口，就看见博士得意一笑，不由作罢。我们一同穿过兴高采烈的人群，前往魔法森林。

穿过森林小径是件很有趣的事。这里给人的第一印象是——无论多少人踏入这条细细的泥土小径（哪怕成千上万），只要进了森林，大家就会彻底散开，让你完全看不到前后的人，让你感觉自己此刻正在独行。

此外，我们进入森林时，季节还是初夏，温暖的阳光穿过嫩绿的树叶照射下来，消融的雪水化为闪耀的瀑布，怯生生的小鹿会在我们靠近时跑开。不过，随着我们在森林里越走越深，树叶的颜色也越来越深，然后它们卷曲起来，变成鲜艳的黄色、红色和橙色。没走多久,我们就开始看见落叶,松鸡们展翅飞向天空,空气中有了凉意,篝火的味道蔓延开来。金色的阳光也变得柔和,薄雾笼罩着落叶覆盖的小径,我们踢开叶子,穿过小径,讨论着乐园到底什么地方出了问题,我们的话题这这那那,天南地北。他把胳膊肘伸过来,我挽住了。

就现在吧,我告诉自己,现在就问。这里只有我俩,氛围也如此祥和。接着我发现,在我皮靴下面嘎吱作响的叶子渐渐变成了雪,空气也突然变得稀薄寒冷,第一片雪花盘旋着落了下来。两只雪雁飞过我们的头顶,在新月的映衬下,它们只落下了模糊的剪影。我又往他身边靠了靠——他从来都不觉得冷。

快问他吧,我告诉自己。又不是说他不习惯被别人请教。

"哇,看那儿!"就在我刚要开口时,他忽然喊道。树林中出现了一道空隙,透过它,我能看到北方白雪皑皑的阿斯加德山脉——巨大的射灯将它照得熠熠生辉,兴奋的滑雪者们从斜坡上滑下,开心得不住喊叫。

"我一直想试试滑雪,我觉得自己应该会很擅长。"

我放声大笑,"别傻了,你的重心太高了,你看上去就像长腿怪鹤[1]。"我继续道,"听着,有件事……我得问问你。我不知道它理论上是否可行,甚至可以说这与你无关……也许吧。但

---

1. 出自《长腿怪鹤》,1978年的美国16集动画片。瑞雯以此形容博士腿长。

如果你觉得不行，我需要知道那感觉如何；如果你觉得可以，我也需要知道那感觉如何。我真得问你，就这一次，我也没法问别人……你觉不觉得有一天，我的意思是，以后有一天，我们是否——我是否，你觉得我是不是……"

然后，有个小光点闪了一下，仿佛我眨眼用的时间太长，再睁眼时，他已经在掸肩上的落雪了。

"不好意思，"他说，"刚才走神了，你在说什么？"

我放开挽着他的手臂，瞪着他，"你刚才做了什么？"

"没什么。"

他的夹克里面有什么东西在发光，我一把将它抓了出来，"这是什么？"

那是一块金牌，上面刻着：赫尔辛基，1952。

我凝视了他许久，一言不发。

"所以，你刚才想问我什么？"

"没什么。"我说，"算了。"我一转身走进了风雪里。

"等等，瑞雯！"他在我身后喊道，"我现在没法跑，我的膝盖都废了。"

我没有"等等"，反而大步向前走去。当我快要走出森林时，看见前方点燃的火盆照亮了通往瓦哈拉宫殿的路，高高的火焰映照着夜空。

然后，我听见了尖叫声。

瓦哈拉宫殿看起来宛若幻象——其实它也正是如此。厚重的灰色花岗岩建成的高塔层层叠叠，犹如巨大的教堂风琴。成百上千扇窗户由成千上万闪光的蜡烛映亮，人们可以从五百四十扇巨型木门中任选其一进入。

我分辨不出那声尖叫来自何处。一开始我还没有注意到，烤肉和蜂蜜酒的香味迎面飘来，我陷在自己的思绪里。有些事我其实始终明白，但现在我必须面对这个事实——我俩都不适合为人父母。我之前的想法真的太蠢了，这种事不会再发生了。

我们沿着结满寒霜的小径走到一座高塔下面。一个穿着金属胸甲的女孩躺在地上，她昏迷不醒，但还有呼吸。她披着女武神的白色斗篷，看上去非常年轻，脸上化着浓妆，长长的假发在雪地上披散开来。我在她身旁跪下，就在此时，一群保安冲了过来，他们抬着担架，然后在她周围拉起了帷幕。"请离开此处，她没事，她没事。"一只形似大号老鼠的生物盛气凌人地说，"这只是一起小小的事故，我们也确实警告过大家，请不要在城垛上奔跑。"

片刻之间，她就被抬走了——抬进了城墙上的某扇门里。

"另一起事故？"博士说，"只怕这地方真的太疏于管理了。"

我们穿过他们刚刚走进的那扇门，却发现这个宏伟的大厅只有一扇门。

我可不觉得担架这种东西能从这里过去，因为厅里正在举行盛大的派对，所有人都尽情玩乐着。这里显然使用了跨维技术，屋子中间长长的巨型木桌延伸到目力之外。

长桌两旁坐满了游客，他们高兴地吃吃喝喝、放声大笑，当然，还彼此敬酒。每隔一段距离就有一只大火炉，洒满香料的烤肉在烤架上转动。侍者们用永不见底的大酒罐不断斟满游客们的高脚酒杯。

"啊。"博士说。

他走出门去，又走了回来。

"你在做啥？"

"啧。"他沮丧地说，"我刚才其实是从另一扇门进来的。你试试看。"

我试了试，发现自己进门后回到了原位。

"维度延伸技术。"他说，"否则这里怎么可能接待每小时五十万人次的游客？而且让他们感觉所有人都聚集在同一个大厅里？如若不然，他们肯定得去别的地方。"他环视四周，"这里有什么东西，真的非常不对劲儿，但到底是什么呢？我得好好想想。"他从路过的侍者手中的托盘上端起一杯蜂蜜酒，一饮而尽，然后做了个鬼脸表示很难喝。

"如果你不知道自己是否喜欢，就应该先抿一小口！"我恼道。我正想拿一杯自己尝尝，一个女侍者跑到了我面前。

"你现在应该在楼下!"她压低声音说,"第二场表演马上就要开始了。"

博士冲我扬起了眉毛。

"好吧。"我回答道。然后,那个女孩按了按火炉旁镶嵌的木刻玫瑰,一扇看不见的门随即滑开。我跟着她走下通往地下走廊的台阶。

楼下一派忙乱,却也自成体系。上千个形貌相同的女孩从巨型分发机里端走一盘盘热乎乎的烤肉、一罐罐甜滋滋的蜂蜜酒。这里的工作模式复杂而高效,我还挺喜欢的。

这里热火朝天、人声喧哗,我走进一间望不到头的巨大厨房,各种模样的工作人员在里面忙碌着、彼此叫喊着,没有看我一眼。接着我到了一间更衣室,里面都是正在哭泣的女武神演员。这里通往一个地下马厩,马匹在里面刨地。

那些姑娘问我是不是卡琳诗的替补,我回答"是的",然后接过了对方递来的胸甲和剑——这把剑的做工非常精良。我继续向前走,找到了一扇写着"保安室"的侧门,看到那里有一副空的担架。

"不好意思,"我边说边走了进去,"这里发生了什么?"

"你不能待在这里!"一个声音冲我吼道。

"是吗?"我边说边摸着剑身,"告诉我卡琳诗怎么了,我就安安静静离开这里。"

一个毛茸茸的熟悉身影走上前来,它的胡子轻轻抖了抖。

"没事,图鲁斯。"它说,"她是我们这边的。"它看了看四周,"你已经关掉监控摄像头了吧?"

"发生了什么?"

博斯图姆斯看上去垂头丧气的。"是维度校准器,"它说,"有人做了手脚。"

"做了什么手脚?"我问道。

"这里的维度是经过精细计算后校准的,这样一来,所有人才可以随时享受瓦哈拉盛宴。但有人将维度折叠了起来。那个可怜的女孩正站在一个房间里,它忽然消失了,所以她就从虚无里直直坠落下来。"

我眨了眨眼。

"不过她会没事的。"它补充道。

"你们知道是谁干的吗?"

那只叫图鲁斯的老鼠抬起头,"我们热爱这里。"它说,在场者也都抽了抽鼻子表示同意。

"我需要博士。"我说。

我本以为他在做他通常会做的事——和所有人交朋友,成为全场的焦点,同时假装那种事对他来说无足轻重。不过,他却闷闷不乐地自己坐在桌边,把盘子里的食物推来推去。

火堆前有个穿着盔甲的家伙,他举着一只闪闪发光的巨矛,嚷嚷着:"奥丁啊,我说,奥丁啊,让我来告诉你一些关于连接两个世界之间的桥梁的事吧。我告诉你们,我哥和我之间的过节可深了。"观众们有的笑得前仰后合,有的听得全神贯注。

"你怎么了?"我低声问他。

"首先,他看起来一点儿都不像我。"博士愤愤地说。

"他为什么会像你?"我惊讶地问道。

"哦,没有为什么。"他说,"只是,你知道的,古地球史里的变形者——有无数面孔,还足智多谋……"

我转向他,"那个演员其实演的是你?你是洛基?"

"我只想说,应该还原人物本色嘛。我当时就在那里,而这人演得太做作了。"

"做作的是你。"我指出,"还有,他可帅了。"

"你真的这么觉得?"博士问着,高兴了起来。

"不管怎样,那不是重点。"接着,我就把有人对维度校准器做了手脚的事告诉了他。

他顿时脸色煞白,一下子跳了起来。

"这很糟糕吗?"

"糟糕?这……瑞雯,这当然糟糕。就像抽掉毛衣的一根线……你不能乱动维度校准器。"

他说话的同时，什么东西悄然发生了变化——那只是很小的动静，几乎没人注意得到，眨眼就会错过。突然，洛基变成了两个，长桌变成了两张，巨大的火堆一分为二，一位侍者不巧路过，她见袖子着了火，立刻尖叫起来。

接着，越来越多的桌子出现了，数量还在增加，人们推推挤挤，连忙奔逃。

"我们必须把大家都弄出去！"博士边帮那位女侍者灭火边喊道，"维度自己折叠起来了！"

吓坏了的员工从遍布各处的秘密通道里跑出来，想要集中人群，让他们从大门离开。

我走到大门前，它打开了，却并未通向外面，而是通向另一个大厅——那里也有一个洛基，一群极度惊慌的人也想通过一扇门离开，然而那扇门却通向另一个大厅……这个地方已经变成了一个无穷无尽的镜像空间。

更糟糕的是，烧到那位女侍者的火焰现在点燃了挂毯，随即在墙壁上蔓延开来。而且，起火的不仅是我们这里的大厅，所有大厅无一幸免。

"它会内陷塌掉！"博士喊道，"火焰会席卷一切！我们得赶紧把所有人弄出去！"

然而，火舌已经舔上大厅的稻草屋顶，人们蜷缩在桌子底下不敢出来。

"持盾圣女……"博士看着我的眼睛说道。

我回看向他,点点头,然后奔向那扇门,按了按木雕玫瑰。我们进入地下,看见员工们恐慌地四处奔逃。我们径直跑过厨房,里面的蜂蜜酒已经开始翻滚令人担心的气泡。我们向更衣室直奔而去。

"女武神姐妹们!"我大声喊道。那些姑娘蜷缩在角落里,远处的马匹则惊得嘶鸣不已、不断跺脚。看来,维度折叠也影响到了这里——马厩在不断向后延伸。

"现在,让我们去拯救他们吧!"我高举宝剑,大声喊道。

她们呆呆地看着我,脸上满是惊恐。

博士一秒都不曾浪费。他跨上离自己最近的一匹马。我听到他悄声对马说:"你叫什么名字?哦,抱歉,我忘了你是匹机械马。"

我跨上另一匹马,转身面向她们。"我们是真正的女武神,"我高呼道,"你们将追随你们的布伦希尔德!"

奇妙的一幕发生了——她们骑上自己的马,跟上了我们。

我们立即出发,马蹄嘚嘚穿过厨房,一路冲进了大厅。马匹按照自己的预设程序行事,一进入空旷处,就振翅起飞,那种感觉令人颇为震撼。我看向博士,他正冲我咧嘴大笑——他和我一样乐在其中。

我们在大厅里绕了几圈,然后他冲破阴燃的稻草屋顶,飞进群星璀璨的夜空，我也紧随其后。

从天空俯瞰，瓦哈拉宏伟的大厅犹如无尽的城市，那层层叠叠的房间像埃舍尔的画作一般，逐渐蔓延开去。

其他女武神也跟着我们冲出屋顶，她们勇敢健壮，无所畏惧。每个大厅的每个屋顶里都飞出一队女武神，我们在空中急转，然后飞掠下去，回到各自飞出的大厅里救人。我们一次接一个，偶尔还多搭一个，如果是来自琼沃利斯的小家庭，一次可以救十七个。我们把大家拉到飞马的背上，在冬月的辉耀下，飞出燃烧的屋顶，然后把获救者放到丰收之神弗雷的金色田野里，清冷的星光洒落在他们身旁。

我们刚把最后一批游客从大厅里救出，博士就大喊一声，我举起剑，示意众人停下动作。半空中的飞马群扑腾着渐渐安静下来，连远在弗雷的田野上的人群也屏住了呼吸。

随着一声巨响，所有大厅不断内陷，仿佛纸牌搭建的房子，一间接一间垮塌，直到全部崩毁、完全消失，只留原本位于阿斯加德™地下的丑陋管道和地铁网络暴露在外。

我们放下最后一批获救者，然后下了马，人群为我们欢呼。但博士没有时间享受欢呼，转而开始扫视所有人的面孔。

"这是谁干的？"他质问道，"是谁？！大家都在享受辛苦工作换来的难得假期，然而你……你毁了一切！"他怒气冲冲地走向人群，"你知不知道我们多需要一个假期？我平时需要满宇宙跑，而她还在监狱服刑！"

所有人都看向了我，我假装心不在焉地在忙其他事。

"我敢打赌，大家其实都一样。就靠这么一天远离一成不变的生活，重新记起你其实多爱自己的家人，逃离那种整个世界都在你周围崩塌的感觉。现在，它确实在你周围崩塌了，而我认为这里的某人要为此负责……"

人群后面忽然冲出一个影子，那是一团闪亮的蓝色，它飞速奔向隧道的端头。

我们转身追了过去。重新现身的博斯图姆斯也跟了过来，虽然它踩着高跷般的机械腿，跑起来却快得出乎意料。

隧道里的布置非常简单，里面颇为潮湿，我们紧追着对方快速逃跑的步伐。

"这边！"博斯图姆斯喊道，它的耳朵竖了起来。我们跟着它穿过曲折的通道，往里越走越深。

我忽然踩到了什么东西，差点被绊倒——我的腿卡在了什么东西里。"这是什么？"

"哦，"博斯图姆斯喘着气，"这是单轨铁路，交通舱在这上面运行。"

"什么？"我问，但已经太迟了。我看到了前方的亮光，交通舱正笔直地向我们撞来。

"躲到边上，瑞雯！"博士大叫道。

但我看到了什么东西，它就在前方。"那道蓝影！"我喊道，"抓住那个家伙！它是蓝色的！"

我的腿完全动不了。交通舱越来越近，上面似乎没有司机。

"快去！"我喊道，"抓住它！"

但博士停住了，他跑了回来，他俩都跑了回来，奔到我身边，然后数着"1、2、3"，用极不优雅的动作猛地用力，迅速把我拽了出来。博士拉起我一把抱住，滚到轨道左边，博斯图姆斯向右边扑去——令我们大惊失色的是，它没能躲过。

白色的交通舱从它身上碾过。我们只能看见，车厢之下，一只小爪子毫无生气地耷拉在轨道上。

我们急忙跑到博斯图姆斯身边，后者躺在那里，闭着眼，腿被碾得一塌糊涂。我轻轻抚摸着它柔软的毛，接着我抬起头。通道尽头站着一个身影，灯光照亮了对方的轮廓——那是一个高高的蓝色类人形身影。

我猛地跳起来，抽出了剑。"站住！"我喊道，"你伤害了我的朋友。"

我沿着隧道走过去，用剑指着对方的胸口。走近以后，我却发现，似乎有些不对劲。对方并没有逃跑，也没有攻击我。对方个子的确很高,但并非成人,只是一个发育过早的孩子——正是我们之前注意到的那个少年,他的电子设备还挂在手上。他在哭。

"我不是故意的,"他嘴唇打着抖,抽泣道,"我不是故意的,但是……"

"它还有脉搏!"博士大喊,我用剑指着男孩,把他带回隧道这边。

"我抓到了始作俑者。你是刚给一只地鼠做了人工呼吸吗?"我问道。

"习惯了的话,就不会觉得糟糕了。"博士一边回答,一边擦了擦嘴。

博斯图姆斯眨了眨眼,"发……发生了什么?"

我摸了摸它的鼻子,"没事了,"我说,"你的腿受伤了,但我们会去叫救援来。"

它点了点头。"不会疼的,"它小声说,"你知道吗?这只是机械强化腿。"

"我完全没有注意到。"我小声答道,它笑了起来。

值得庆幸的是,救护车很快赶了过来,把我们一起送回了中央基地。

控制室里灯火通明,通过监视屏,我们能看到迅速撤离乐园的游客。博斯图姆斯支起身子坐着,凯乌斯在那个叫汤米斯的男孩和他哆哆嗦嗦的家长面前走来走去。

"你到底在想些什么?"它冲着男孩吼道。虽然它形似河狸,但看起来确实颇为慑人。"你害死了人!你差点害死了我的下属!你可能会害死那个大厅里的所有人!"

汤米斯盯着地板,全身发抖,"我并不想伤害任何人。"

"哦,你并不想伤害任何人。"凯乌斯说,"你差一点儿彻底毁了这里,你知道吗?!"

"我只是黑进了系统,你们的安保系统太简单了。"

凯乌斯后颈的毛立了起来,"这是如今市面上最好的系统!"

"好吧,那它们真是糟透了。"汤米斯说,"但是我没有……没有想到,调整维度校准器会导致这种结果。"

"想当然这种事是最危险的。"博士说。

"你知道这里对非法入侵系统是怎么定罪的吗?"

汤米斯的一位家长哭了起来。

汤米斯抖得更厉害了。"非常、非常抱歉。我在奈法星上还有考试……和别的事。真的非常、非常抱歉,先生。"

"等你到了死囚牢房,你会更加抱歉的。"

那位正在痛哭的家长似乎快昏过去了。

汤米斯的眼泪唰唰直流,"我只想惹点小麻烦。"

"那你惹错对象了。"

"你多大了?"博士问。

"十五岁。"男孩答道。或者说,塔迪斯翻译的是这个数。

博士举起双手,"凯乌斯,他还只是个孩子。"

"他是个犯了罪的孩子。"

"如果我是你,就会给他一份工作。"

"什么?!"

"一次性解决你们的安保系统漏洞。偷猎者成了猎物保护人……无意冒犯,这只是个比喻。"博士说着,看了看周围各式各样的动物,"因为,在我看来——凯乌斯,你们需要拓宽思路。"

"但他会面临处决……"

"你有孩子吗,凯乌斯?"

凯乌斯耸了耸肩,"有啊。"

"那么,如果你的孩子们知道自己的父亲因为坐看乐园被毁而失去工作,会怎么想?或者说,乐园其实扛住了一次大型安全测试,学会了如何通过测试让安保系统更安全……孩子们又会怎么想?"

"我可以做到。"汤米斯喘着气说,"我可以!"

"一份工作!"家长们惊讶地说。

博士靠近凯乌斯,"你会因为自己的某个孩子违反规定,就送它受死吗?"

"我的孩子不会做这种事。"

"它们会不会做别的事呢,凯乌斯?某些……会让你送它们去受死的事?"

一阵漫长的沉默。

最后,凯乌斯挥了挥爪子以示放弃。"好吧,"它说,"博斯图姆斯,你能处理这件事吗?如果我把你升为安全主管的话?"

"我装了新腿就去。"博斯图姆斯看起来很高兴。

汤米斯不敢相信自己的好运。一位家长唱起了《弗拉莱克斯之歌》,以表达深深的感激,不过大家对此反应平平。

博士意味深长地看着汤米斯。"一定要善用你这颗聪明的头脑。"他严肃地说,"不许再惹是生非,不许再像这样让你的家长失望。"

"我不会了。"汤米斯松了一口气,边哭边结结巴巴地说,"我保证我不会了,先生。真对不起……我实在非常、非常抱歉。"

说完他又哭了起来,博士只好揉了揉他的头发。

然后,我突然意识到一件事——倒不是说,这和我有任何关系,但我意识到,那就是他作为父亲时的样子。

不过,我又能知道什么呢?也许他早就有孩子了,也许他们在别的地方,而他每天会在早餐时露面;也许他每晚都会穿梭时空,回去哄他们睡觉——有时候他会晚到几微秒,因为他得先从困境里逃出来;有时他会改变模样,但是孩子们不会介意。

也许他对孩子们来说,是个有趣的叔叔;也许世间有很多这样的孩子散落在宇宙各处。又或者,因为他已经见识了宇宙里所有的黑暗角落,所以下定决心,不会把无辜的生命带到世上——那实在太残酷了。

谁知道呢,也许其中有些孩子是我的。

不过,如果是那样,他应该早就提过了。

控制中心外还聚集着一小批不满的游客,其他人都已经回家,但这些人还在这里吵吵着索要赔偿,嚷嚷这些遭遇多么令人不快。其中就有那位体型庞大的女士,她的小姆尔坐在地上哭得声嘶力竭。她完全不搭理他,只是自顾自地嚷着自己的权利。

"瑞雯,"博士说,"把你的剑给我。"

"不,"我说,"我喜欢它,我想留着它。"

"把它给我。"

我不情愿地把剑递过去。他用音速起子抹掉剑锋,只留一小节把手,给剑设置了一些程序,然后递给那孩子。现在,这把无锋宝剑能自己喷烟火了。他把剑给了姆尔,后者立刻不哭了。然后,我们朝乐园大门的方向走去。

"我必须声明,我很喜欢那把剑。"我说。

"乖啦。"博士回答。

我们已经走到彩虹桥的边缘,所有人终于都离开了,整个乐园此刻只属于我们。博士对着什么东西眨了眨眼——那一定是个摄像头——接着,夜幕升起,美不胜收的金色清晨忽然降临。空荡荡的彩虹桥旁的草地上,野花遍地绽放,温暖柔和的阳光洒在我们身上。

"要野餐吗?"

我们吃完后,他开心地长吁一口气,枕着我的膝盖躺下来。他向我指出我们头顶那片"天空"中出现的错漏。我本可以告诉他,他在对一个纯人造大气层的复制品吹毛求疵,但我觉得他应该不会在乎。

他说着说着,突然停了下来,伸出一根手指绕着我的卷发。无论他的哪个化身,手指似乎都长得异于常人。时间领主的手指,永远会是暴露他们身份的东西。

"你在想什么?"他说,"你看上去很难过。我讨厌难过,它让我全身不舒服。"

我低头看着他。"我知道,"我边说边轻抚他的脸,"不是什么大事。"

"但你还是应该告诉我,'河水般深不可测'的瑞雯,你觉得呢?是不是那种我永远会弄错的事情,比如'鲜花适合做礼物,而树木不适合'那种?那真是宇宙级的谜团。"

"宇宙级的谜团……"我呼了一口气,想要驱散自己的想法——我所渴望的那件非同寻常之事——生命造就生命,不断延续,周而复始。

无论与此相关的科学理论是什么,这样的事在我看来,就是一个谜:鲜活的事物竟然可以在你体内生长——那是一个全新的、独特的事物,即便它和所有其他生命一样,也由星尘、蜂蜜和希望组成。每个孩子都是魔法的造物。

"你不信魔法吧,对不对?"我问道。

他笑了起来,"当然不!"

我把他推下膝头,然后跳起身来,"那可太糟了,因为伟大的威尔格勒将在五分钟后为我们举行一场独家表演……如果你想看的话。"

"哦!我想看!"他爬了起来。我们开始朝蜂巢顶点走去。

"他会喷射穿过天空的火焰吗?"

"他会喷射穿过天空的火焰。"

"他会用龙蛋玩杂耍吗?"

"会,而且这些龙蛋都是以合法途径获得的。"

"他会让我选卡片吗?因为我有自己的方法……"

我们确实玩得很开心,这真是非常棒的一天。我们说说笑笑、吃吃喝喝,他甚至没怎么抱怨食物。我们晚上待到很晚,我在员工庆祝派对上与装上新腿的博斯图姆斯跳了舞——派对在三轮月牙和北极光的辉映下举行。然后,博士在狱警们敲响警铃前把我送回了监狱的"昨天",我独自躺在冰冷的石板床上想,如果有一天,我们一家人能在阿斯加德™度假的话,那会(或曾经是)多么开心。

他们说,精神病患无法感知世界的其他运转方式,只有精神病患自己眼中的现实,对他们而言才是最重要的。

但就我而言,他们的判断大错特错。